福建省社会科学普及出版资助项目说明

福建省社会科学普及出版资助项目由福建省社会科学界联合会策划组织和资助出版，是面向社会公开征集、统一组织出版的大型社会科学普及读物，旨在充分调动社会各界参与社会科学普及的积极性、创造性，推动社会科学普及社会化、大众化，为社会提供更多更好的社会科学普及优秀作品。

建盏传奇

官向峰 著

海峡出版发行集团 | 海峡文艺出版社

图书在版编目(CIP)数据

建盏传奇/官向峰著. —福州:海峡文艺出版社,
2021.9(2021.11 重印)
ISBN 978-7-5550-2068-4

Ⅰ.①建…　Ⅱ.①官…　Ⅲ.①长篇小说—中
国—当代　Ⅳ.①I247.5

中国版本图书馆 CIP 数据核字(2021)第 105679 号

建盏传奇

官向峰　著
责任编辑　蓝铃松
出版发行　海峡文艺出版社
经　　销　福建新华发行(集团)有限责任公司
社　　址　福州市东水路 76 号 14 层
发 行 部　0591—87536797
印　　刷　福建新华联合印务集团有限公司
厂　　址　福州市晋安区后屿路 6 号
开　　本　700 毫米×1000 毫米　1/16
字　　数　80 千字
印　　张　6.75
版　　次　2021 年 9 月第 1 版
印　　次　2021 年 11 月第 2 次印刷
书　　号　ISBN 978-7-5550-2068-4
定　　价　30.00 元

前言

宋朝是我国古代文化发达的时期，商业也高度繁荣，建盏作为黑瓷的代表，便在这个历史时期脱颖而出，成为当时尊贵的茶器。在早期的瓷器品类里，建盏因其独特的原材料特性，使它不同于其他窑口的黑瓷。在它黑色的釉面上，呈现出与众不同的氧化铁系结晶斑纹，古人取名曰“兔毫”“鹧鸪斑”“曜变”等，这些美丽的名字在中国茶文化史上成为一个个高光亮点。

我在想，一个远离宋朝政治文化中心的闽北小山村，是如何将建窑建盏融入繁华的商业氛围之中？又是如何在中华茶文化中占据了不可或缺的位置？建盏的魅力牢牢地捕获了一众历史名人，如苏东坡、黄庭坚、陆游等文豪。他们留下的关于建盏的诗词佳句让后人浮想联翩，令人在字字珠玑中品味建盏的雍容与优雅，而我更想在它斑驳的釉面上找寻触及生活的真实。

公元1112年宋徽宗颁布了建盏进贡的圣旨。于此五年前他的《大观茶论》问世，这是一部关于茶的专论，详细记述了当时茶的产地、采制、烹试、品质、斗茶风尚等，特别是在“点茶”这篇中介绍了建盏。可以说，建盏是在与其他瓷器的长期比较下，确定了不可替代的地位。从这一年开始，建盏才有了广泛的市场。

从一个小山村销往全国，而又蜚声海外，这可不是一蹴而就的事。宋朝的陆路运输并不发达，马匹作为一种战略物资，在民间是极少的，牛车是当时主要的交通工具之一。而来往于南方和北方的货物运送，还得靠京杭大运河，漕运成了当时重要的国民经济。

后井村到东京汴梁，其实并没有联通的水路，需要翻越闽浙交界的仙霞岭才能进入浙江的水路，这条匪患出没的盘山小道在宋朝的圣世下又是如何一番光景呢？

宋徽宗皇帝画的那幅《瑞鹤图》描绘的是公元1112年正月十五的景象，仙禽告瑞帝都，跟他发布建盏进贡有何关联呢？

我们的故事便从这里开始。这一年，蔡京被再次启用为宰相，同是奸臣的王黼任职户部尚书，此时他们还不是大奸大恶之徒，宋徽宗也还是年轻的艺术家皇帝。这一年，福建路转运使蔡斌大人为完成建盏进贡的圣旨，剿匪仙霞岭、义释山民、开放建窑权，终于建成了一座建盏窑城。

这是建盏传奇故事的开始，我们想窥探的不仅仅是建盏的奇谲，更有因它衍生的一幕幕风月。

2020年11月22日

一

北宋政和二年（1112），上元之次夕，都城东京上空忽然祥云浮动，一群仙鹤飞鸣于宫殿之上，久久盘旋，不肯离去。皇城宫人纷纷出来仰望。

徽宗皇帝正在殿内吃茶，几个内官打点着备茶台，罗碾滚动的声音清脆而有节奏，一旁的石磨在内官的操作下呼呼作响，隐约可见细细的茶粉飞舞。

徽宗皇帝坐在茶案前，右手持茶筅，左手扶盏，专心点茶，几位嫔妃坐在对面正在说笑。

内官总管事梁师成匆匆跑了进来："官家、官家，快去看看……有数十只仙鹤飞临大殿，天降祥兆啊！"

徽宗惊奇，擎盏而出，只见群鹤盘旋于宣德门上，此时两只仙鹤降落在大殿的屋顶，挥翅舞动。

徽宗皇帝龙颜大悦："祥云仙禽告瑞帝都，必是国运兴盛之兆啊！"

一旁众人听闻皆拜服于地高呼："万岁……万岁……"

二

朝堂之上，徽宗皇帝正坐龙榻，文武百官分立两边。徽宗皇帝招了招手，两位内官走上前来，展开了一幅画。

只见画中二十只白色的仙鹤神态各异，有两只回首相望立于大殿之脊，金色的宫殿、蔚蓝的天空，祥云漂浮其间。这是徽宗皇帝亲笔所画，今天带到朝堂上来便是要说明这上天眷顾的祥兆。

此画一出，文武百官交口称赞。

徽宗皇帝见气氛火热，便开口问道："众位爱卿，朕见此祥瑞，便作此画，为民祈福，永记天惠，你们可有兴邦富民的举措呢？"

户部尚书王黼走出一步答道："启禀官家，去年天下大丰，各地农事并无阻碍，今年户部所承的方田法也分发各省，此祥瑞正是上天的福祉啊！官家洪恩浩荡，早已绵延全国啊！"

百官纷纷应和："洪恩浩荡，万民皆福啊……"

徽宗皇帝闻之喜悦："万民有福，多凭爱卿们用心，朕很是欣慰啊！"

朝堂百官皆大欢喜。

宰相蔡京清了清嗓子，众人听闻都安静下来。

徽宗皇帝也听见了，忙问道："蔡相可有话说？"

蔡京拱手施礼："官家，臣闻当日，陛下正在点茶，是擎盏而出？"

徽宗皇帝笑了："正是，这……有何说道吗？"

"官家，五年前官家所著《茶论》现在已是遍布天下，如今这家家户户哪有不知茶事的？仙禽告瑞，官家擎盏而出，是上应天道，下应民心。如今我朝这茶市已达前朝两倍有余，这都是官家之功劳啊！"蔡京如此一说，堂上百官都觉得在理，纷纷称是。

“但是，”蔡京话锋一转，“这点茶的建盏，明显不够呀！”

话音刚落，百官们可炸了锅了，交头接耳、互诉其间，今日这大相公在朝堂提及此事，看来必是有对策啊！

徽宗皇帝大吃一惊：“蔡相，果真如此吗？”

蔡京点了点头：“上好的一块建盏，在京城十贯都买不到……”

“那……可有办法解决呢？”徽宗皇帝显得焦虑起来，“蔡相今日提起，必有良策咯？”

蔡京深施一礼：“官家，不必忧心，这福建路转运使蔡斌蔡文怀上任也一年有余了，可下旨招回京来述职，再着研此事，必能解决。”

“好、好！就交由蔡相快快办理此事，梁师成拟旨，招蔡斌入京。”徽宗皇帝高兴地说道。

三

三月初的东京花繁叶茂。福建路转运使蔡斌回京述职，官船沿汴河缓缓向前，蔡斌站在船头一路观看逐渐繁华的景致。

船至正阳码头，渡口已经有了七辆牛车，吏部侍郎张涣带着一排人在码头笑迎。这是虞候蔡亮三天前陆路快马先行办的差事。这次回京，蔡斌带了不少福建的特产，其中便有皇帝钦点的福建黑瓷建盏。

见船靠上了码头，张涣领着一班人高举双手作揖施礼，口里高声嚷道："蔡大人，辛苦啦……"

蔡斌在船头早已看见，连忙褪去了肩上的大皮袍，深鞠一礼，然后笑盈盈地走下船来。

张涣眼见这位一身锦缎白袍、头上系一青玉发簪的倜傥相公快步走来，不觉眼前一亮。他慌忙迎上几步，在蔡斌身前又是一躬身，还没开口，便被蔡斌一把握住双手。

"溢流兄，这擢升两级，算是光耀门楣吧？"蔡斌的调侃让张涣有些尴尬。他反手搭住了蔡斌的右手，抖了一抖，脸上的笑容依旧："文怀兄说笑了，此次官家招恩师辅政，我是沾光啊！"

"溢流兄擎天大才，恩师岂有不洞察乎？对了，我此次到来，全听溢流兄安排了。"蔡斌三天前派虞候蔡亮陆路先行做了安排，馆驿、仓号均已落实。张涣带来的十几个人也上前忙活了。

"恩师命你安排好后便去他府中，明天入朝，官家有大事倚重啊！"张涣说完拍了拍他的手。

蔡斌点了点头，问道："官家是否有办官窑之意呀？"

张涣看了一眼说道："昨日官家又在朝堂之上点茶赐饮了，看来是要啊！"说完他拉着蔡斌的手，向第一辆牛车走去。

张涣边走边说："我送你到馆驿，之后你便自行安排吧。"

“多谢溢流兄，此次我带了两千只建盏进京，除了进献八百件外其他的也都做了安排。”蔡斌笑着说。

“哦，文怀兄真是有心啊……哈哈哈……”

两人相视而笑起来。

四

牛车一辆一辆从街头驶过，行人拥挤着避开。路边的一个茶馆，已经围了一群人，这是京城常有的事，清明过后各地的新茶陆续进京，相邀斗茶便是一件乐事。

胡记茶庄是东京城一个大茶庄，它面积大，但是装修简朴，平头百姓爱来，外地商客进京也爱在此歇息，这南来北往的消息也就在此地传播了。胡掌柜是个奇人，特别会招揽生意，落了个诨名叫“胡知晓”。

胡知晓站在大堂主桌正中，左右两边的茶桌上各有一人，左边是位五旬长者，素衣长袍、仙风道骨，此人便是京城漕帮帮主陈万三。右边是一位南方商客，三十不足，脸圆体胖、尽带福相，这位乃是福建茶商雷春，也是京城的常客，九流三教没有不认识他的，大家都尊他一声“雷掌柜”。

胡知晓招呼着跑堂的伙计们请店内宾客落座，然后清了清嗓子：“各位、各位，今天本店是蓬荜生辉呀！陈帮主和雷掌柜又来啦！”周围宾客一阵欢呼：“好……好……”

“今年风调雨顺，陈帮主带来一饼‘新制清蒸小龙团’，这饼茶可是官家的最爱啊！”胡知晓说着官家，恭敬地拱了拱手，“雷掌柜，您今年给我们带什么茶来呀？”

陈帮主此时也开了口：“对呀！雷掌柜，您昨天就是不说，现在可是一定得说啦。”

在场的宾客们纷纷骚动起来，有人高声说：“雷掌柜，您又给我们带来什么惊喜呀？”现场宾客的关注引来了不少过路之人，见有斗茶，便纷纷进到茶馆内。入馆的人中有一位相公，带着小童坐在了墙边的茶席上。此人便是户部尚书王黼，今日便装出行，赶上了斗茶，便入座观看。

面对宾客的提问，雷掌柜连忙站起身，双手抱拳：“各位乡亲，我……我今年带来一对宝贝！”他显得有点迫不及待，可是说到这里，又停了下来。他看了胡知晓一眼，又扫了一圈众人。

“雷掌柜，您这是要干啥……”胡知晓问道。

雷掌柜也不答话，回身到佛龛前拜了三拜，然后一转身，口中念念有词：“茶……叫不知春，盏……是鹧鸪斑……”他一边说，一边从搭袋中取出两个锦布包裹，小心翼翼地摆在桌上。他轻轻地解开第一块锦布，一块茶饼散发着浓郁的清香。

“不知春……”人们面面相觑，“没听说过呀……”胡知晓凑近茶饼瞧了瞧：“雷掌柜，这……不知春，有啥说道呢？”

雷掌柜不慌不忙，打开了另一块锦布，只见一只黝黑色茶盏上布满点点银色的斑纹，这些斑纹影影约约地闪动着蓝光。他口中念道：“这……叫鹧鸪斑，是建盏中的极品……”他抬头看了胡知晓一眼，又向陈帮主一点头：“往常你们都见过兔毫盏，可有见过鹧鸪斑？”全场鸦雀无声，只听见雷掌柜一个人的声音：“这茶长在武夷高山，产量极少，需用少女采之，摊凉后清蒸即成，没有其他工艺，看似毫无功夫吧？可它唯有用鹧鸪斑点制方可成为名茶。”

雷掌柜这么一说不打紧，陈帮主立刻站起身来：“鹧鸪斑……雷掌柜，鹧鸪不知春，这可是绝好的搭配啊！看来今年输给你，我也不枉费啦……”

“哪里哪里，陈帮主，茶好不好还是要点出来看看、尝尝的呀。胡掌柜、胡掌柜，来来来，开始吧！”雷掌柜谦虚地说。

“好！我们开始、开始。”胡知晓摆开架子，高声嚷道：“陈帮主之茶清蒸小龙团，雷掌柜之茶鹧鸪不知春，斗茶开始！”

听到斗茶开始，王黼坐正了身子，一旁的小童拿起桌上的糕点吃了起来。

五

蔡斌到了馆驿，换下行装，梳洗完毕，老管家阿四帮着更衣。紫色的官袍做工极为精细，这是一身崭新的朝服，专为此次觐见而做。官袍穿好，阿四拿来了往日用的银鱼袋。蔡斌抬起双手，阿四将银鱼袋系在他腰间。蔡斌想了想说：“阿四，换条金鱼袋来。”

“是，老爷。”阿四换了一条同样崭新的金饰鱼袋，一边换一边说：“五品以上配金鱼袋，五品以下配银鱼带，这是规制，老爷早该换了。”

蔡斌笑了笑：“阿四，在福建我这父母官可是要正身立形的，再说我可是在任提拔起来的，多有不便啊……”

主仆二人正说着，蔡亮在门外施礼禀报：“大人……”

“进来说话……”蔡斌走出内室，来到大堂。

“大人，馆驿门外递了十多封拜帖，您瞧瞧……”蔡亮说着递了过来。蔡斌接过来一封一封瞧着，都是京城内各品官员，这拜帖中唯有一份是张竹片，上书“乌泥道人”，字迹苍老遒劲，不落俗套。

“这是谁呀？”蔡斌问道。

“哦，这是一位老道，说等您的回复，他还在门外候着呢。”蔡亮也觉得奇怪，等着主人的吩咐。

蔡斌打量这竹片，忽然想起了什么：“快，快领我去见！”

两人相随快步向门外走去。

馆驿围墙下一位道袍长者闭目静坐，进出人等都未在意。蔡斌、蔡亮快步走来，才引起人们注意。还差着十几步远，蔡斌就高声嚷起来：“崇明先生、先生，您来得好快啊！”

道袍长者睁开眼，站起身子，见蔡斌已到了眼前，便急忙说：“文怀……你惊扰众人了……”

“不打紧，先生，我们里面说话，蔡亮拿行李。”蔡斌兴致极高，拉着崇明先生就往房内走去。

六

胡记茶馆内，斗茶已经开始，两个备茶台上六个伙计分别烧水、碾茶、递壶。陈帮主与雷掌柜的茶案上点茶器具一字排开。陈帮主的茶席是典型的京城气派，正中一只兔毫盏，摆在暗红色脱胎漆器的盏托上，旁边是一把镶着金饰的竹筅和金茶匙。雷掌柜的茶器重点全在这只鹧鸪斑上，众人也都是关注这盏的精妙。

雷掌柜今天的心气很高，一副势在必得的架势。他双手捧起盏，放上一旁的小炭炉里煨热，而后取下，摆在一只黑漆的盏托上。一旁的小童递来碾好的茶粉，雷掌柜拿起竹制茶匙舀了两勺，一股幽幽的兰香飘散开来。场边众人纷纷点头："香啊……香啊……"

雷掌柜听得心花怒放，笑得合不拢嘴。

这边陈帮主可不是吃素的，依旧保持一贯的气派，一招一式都显得格外优雅。他接过小童烧好的银制执壶，在放好茶粉的兔毫盏里沿盏壁注了一圈水。这圈水不多不少，刚好润湿茶粉，而后取茶筅轻轻搅动，调出黏滑如胶的茶膏来。

这第一注水，调茶膏是关键，是不是点茶高手，就在这起势之间。雷掌柜的第一注水不受常规所限，只见他右手执壶沿盏壁注水，左手取茶筅缓缓搅动，瞬间茶膏形成。

这二注水，两人均从茶面注入，环绕一周急注急止，茶筅探入汤底用力击拂，茶汤色泽逐渐开朗。

三注水，水量较多些，二人手中的茶筅渐渐加快，盏中的茶汤显出蟹眼般的气泡来，汤色也显出十之六七了。

胡知晓站在两人中间，左右观察二位，不觉惊叹道："啊呀！真是好茶……"

四注水，是一个坎，高手极为注意，注水要少，茶筅缓慢转动，让汤面形成淡淡薄云。

四注水过后的汤色形成了十之八九，只是茶汤仅有半盏，而五注水加水较多，手中的茶筅也用力急转起来，这是要将茶之泡沫击打出来。

场内宾客都紧张起来，此时的茶香早已弥漫空中。

二人仔细地观察着自己盏内的茶汤，缓缓地注入第六注水，茶筅跟着缓慢地搅动，看那茶汤色泽洁白、泡沫翻动，便是点成。最后缓缓注入第七注水，让茶汤达之盏沿水线，细腻的一层泡沫轻咬盏之口沿，这斗茶便是完成一局了。

二人站起身来，向大家拱手施礼。胡知晓示意两位小童将点好的茶盏端至大堂中央的茶桌上。众人纷纷围上前来观看。斗茶的胜负有三比，一是汤色是否够白，二是泡沫咬盏是否长久，第三最为重要，那就是茶的滋味。这一与二自是不相上下，唯有看三了。众人纷纷开口："分茶吧，分茶吧……"

胡知晓命小童茶分五份，众人推举名望深厚的四人前来品茶。这二位的茶果然不凡，茶香清爽，一如桂花温婉、一如幽兰随风，众人品过均啧啧称赞。

三番过后都不能分出胜负，众人便把目光放在茶器之上了。"这三番不绝，实在是难得啊！"

"雷掌柜的茶器精妙，名字也好，鹧鸪不知春，颇为生动哦……"

"是啊是啊，不如把这胜者判给雷掌柜吧？"

胡知晓和这四位的商议，均被王黼看在眼里。起初他被这斗茶吸引也是看到雷掌柜的这只鹧鸪斑盏，如今这京城里建盏是家家有，但是这样的鹧鸪斑的确十分罕见。王黼知道当今官家酷爱点茶，最中意的茶器就是建盏，可是就连官家也不成有这样的宝器。王黼在小童耳边低声吩咐了几句，小童点了点头，便径直向雷掌柜走去。

雷掌柜正在和陈帮主客套，小童拉了拉雷掌柜的衣袖，打断了他和别人的攀谈。王黼看着小童跟雷掌柜说了几句话，就指向自己。雷掌柜跟着瞧过来。王黼微微一笑，便起身上了二楼。

七

馆驿内，蔡斌和崇明先生坐在榻床之上，老仆人阿四端来了两盏茶。蔡斌问道：“崇明先生可是接到我父亲的信？”

“正是，”崇明先生直奔主题，“你父亲的信中说你此次进京带有建盏千只，可有此事？”

“对呀，我此次共带有两千只建盏，其中八百只明天面圣献予官家，另外一千两百只准备打点各府官员的……”

崇明先生紧接着问道：“此想法可有与他人说过？”

“刚才吏部侍郎张涣码头接风，我跟他说过，其他人便未说起。”

崇明先生松了口气：“我提前两天赶到此地等你，看来是对的，我若不言明厉害，文怀……你必有大祸。”

蔡斌大吃一惊，连忙起身拱手：“先生快告诉我来，我必洗耳恭听……”

“文怀且坐，”崇明先生拉着蔡斌的手使其坐下，“文怀，官家仁爱众人皆知，可你知道这仁爱是如何得来的呢？”

蔡斌忽然有所知觉，想了想便说：“您是说……官家的仁爱皆是由他人奉送的？”

崇明先生点点头：“你只需为官家一人着想，切不可动了其他念头……”

蔡斌再次起身施礼：“多谢先生点拨！我这就安排，这两千只建盏全数献予官家。”

八

王黼上了二楼，开了一间雅室，小二们马上备茶烧水。

王黼打量着备茶台，此中茶器与自己府中的相比略显朴素，形制也要小些，点茶的盏也不是建盏，用的是北方窑口仿烧的黑釉盏。王黼便问："小二，你这茶馆怎不用建盏呢？"

"相公，这建盏实在名贵，我们小店备有一些，客人有问，我便取来。"小二的回答不紧不慢，看来已是寻常事。

"哦，那就给我换一只来吧。"王黼抖了抖袖子，露出官僚的性子来。

小二允诺，不一会儿便换了一只兔毫盏来。

王黼见茶粉已磨好，水也烧上，便挥了挥手："你们都退下吧，我不叫，你们就不用进来。"

不一会儿，小童带着雷掌柜来了。

雷掌柜是个精明的生意人，这几年在京城做茶叶生意，今天的斗茶便一下让他卖掉了五千斤的茶叶，这些茶叶正是他从福建武夷山带来的。刚才小童招呼，他一眼便看出眼前这位相公不是一般之人。

"相公，小人有礼了，不知相公有何吩咐？"雷掌柜说的话带着福建口音。

"雷掌柜，今天的斗茶你的鹧鸪不知春是赢是输啊？"

"哦，时才诸位厚爱，是判我略胜……略胜。"

王黼问着话伸手示意雷掌柜坐下。

"雷掌柜，实不相瞒，我叫王黼，在户部做个主事……"

雷掌柜刚刚坐下，一听这句，立刻伏地就拜："大人在上……大人在上，小人不知，当请恕罪、恕罪。"

王黼笑了起来："雷掌柜，不妨事，我请你来就是想与你聊聊这个建盏的。”

“这……大人可是问对了，小人家中便有龙窑一座，家父烧窑也有三十余年了。”雷掌柜也笑着说，“大人有话尽管问就是了。”

“哦，你家中便在烧盏？看来确是大户人家呀！”

“大人说笑了，我哪里是大户人家，只是贩卖茶叶为生，这建盏着实难烧，一年也未能烧出千只，所以这贩茶还是主业的。”雷掌柜的一番话让王黼吃了一惊。

“这建盏如今在京城身价不菲，雷掌柜是生意之人，怎会看不明白呢？”王黼的问题尖锐直白，他想听听雷掌柜的真实想法。

话说到这里，雷掌柜也不站着了，坐了下来：“这建盏产量本就稀少，再从福建转运到京城的更是少之又少，这几年北方几个窑口都在仿烧建盏，寻常之人就难以得之了，需多供少，自然就价高了。”

王黼听着点点头，他又接着问：“自前朝蔡襄蔡大人主持北苑贡茶开始，建盏入京也有六十年了，期间与其他茶器对比早已胜出，我朝官家酷爱点茶，作《茶论》颁布天下，更是影响盛大，这建盏不应该如此呀！雷掌柜是商贾之人就没有什么想法吗？”

雷掌柜听得王黼此言，如同针刺：“大人啊！我这几年来往建安与京城，无时无刻不在想此事。建盏之所以叫建盏，正是无我当地之土壤不可，凡是其他地方之土壤，皆烧不成。再则，建盏难烧，烧制一千，只得精美者二至三只，若是要得鹧鸪斑更是要上万只方才有啊！”

雷掌柜清了清嗓子，继续说道：“我家的龙窑其实也不是只烧建盏，其他罐呀、瓶呀也有烧制，仅是在几个高温窑位专烧建盏，所以建盏产量并不是很大，除非……”

“除非什么？”王黼见他话说一半，急忙问道。

雷掌柜压低了声音说：“除非皇家御用，每年订烧一批，由福建路转运来京，这样一来民间交易就会急剧发展。”雷掌柜说完便直直地看着王黼。

王黼也愣了愣神：“雷掌柜一席话令我茅塞顿开，官家已在正月招福建路转运使进京，就在这几天必有建盏之大事发生。”

“大人，如有用到小人之处尽管开口，凡建盏之事，小人必当全力。”雷掌柜见王黼透露了消息，也马上表示了忠心。商人的敏锐使他明白，这样的机会定是百年难遇。

九

夜幕初降，蔡京的府邸都掌上了灯，照得大院灯火通明。这相府夜夜有客造访，早就习以为常。

蔡斌本以为是密见，不想蔡京这么公开，也就不再拘谨。蔡京命长子蔡攸府门外迎候，一路将蔡斌领进内府花厅。

一进花亭蔡京就高声笑嚷：“哈哈哈……文怀啊，老夫等你良久啊！”

“恩师，多年不见实为想念，请受学生一拜……”蔡斌说着倒地就拜。

“文怀不必多礼，你也是封疆大吏了，这在内宅，大礼就免了吧，快快快，扶起来……”看着蔡斌起身，蔡京又说道：“文怀啊，官家的北苑贡茶这些年都靠你啦……”

“这是学生分内之事……”蔡斌回道。

“这官家爱茶，茶器最是根本，这几年建盏需求颇旺，官家动意了，我便点了你的将，你可有准备啊？”

“多谢恩师厚爱，茶与茶器自是不可分家，学生自当用心的，此次进京学生备了两千件带来……”

不等蔡斌说完，蔡京便问道：“哦，这两千只建盏，文怀是如何安排的呀？”

蔡斌一听此问，便知蔡京是试探于他，忙说：“官家酷爱点茶，这后宫自是每天少不了茶事，两千只盏自当作为朝贡。”

蔡京听完呵呵地笑了：“文怀啊，我若向你要个几只，你可有多呀？”

蔡斌躬身行礼：“恩师，您看重的可不是这小小建盏……”

蔡京看着眼前这位后辈，不觉哈哈大笑起来。

十

次日清晨，百官上朝，蔡斌身穿朝服立于殿外听宣。文德殿内，徽宗皇帝看着福建路转运使上承的奏章格外欣喜，他拿着奏章问道："众位爱卿，这茶叶、茶器都产于同一处，为什么这建盏就不能如茶叶一样盛产呢？"

"官家，福建路转运使已在殿外，何不招进来细细问之，我等也想听之一二。"蔡京立刻答道，他想让徽宗皇帝快快见到这位他推荐的学生，因此他不想给他人说话的机会。

徽宗皇帝欣然答应，他让内官梁师成喊话。"召……福建路转运使蔡斌进殿……"殿外的内官急忙提醒蔡斌："蔡大人觐见……"

蔡斌整了整官袍，碎步疾走，来到皇帝面前，躬身便拜："万岁……万岁……万万岁！"

"蔡斌，朕想问你，这茶叶、茶器都产于同一处，为何这建盏就不能如茶叶一样盛产呢？"

"启禀官家，这建盏烧制之工艺繁杂，要烧千只盏才出之二三，投入巨大不是一般人可做的。"蔡斌的作答言简意赅。

"原来这般……蔡斌，朕要是想让天下都用上建盏，你可有方法呀？"徽宗皇帝的话直来直去。蔡斌心里有数，这样的问题并不难回答。

"启禀官家，这建阳县的陶瓷作坊早已形成定式，如要加大产量，无非是多盖龙窑、多建作坊，多引窑工加入，只需两年，必能成事。"

"哈哈哈……蔡斌，朕听蔡相说你行事果决，看来不假啊！我就命你督办此事，你可有什么要说的吗？"

"谢官家圣裁，如能再开办一官窑，定将事半功倍。"眼见水到渠成，蔡斌便直接提出建议。

百官们窃窃私语，开办官窑可是一件花大银子的事。不等徽宗皇帝开口，王黼抢先说了话："这开办官窑烧制建盏实为不妥。"

皇帝正在兴致之上，忽然有人反对，大家都看着王黼，都想听听他的想法。

徽宗皇帝也十分诧异，便问："王黼，有何不妥，你且说来……"

王黼先向徽宗皇帝施了一礼，又转过身来向蔡斌施了一礼，然后说道："臣觉得大可不必用到开办官窑之法，臣在户部主事，对这建盏之事也略有通晓，这烧成建盏并不是人为所想，一窑下来，能拿得出手的，千之二三，因此即便是设了官窑，其产量也是远远不够的……"

"对呀、对呀……"百官纷纷议论起来，看来这用钱堆砌已然是行不通的。

徽宗皇帝也觉得有理。

蔡京此时心中极其不快，本想建盏之事京城无人能懂，不想这个王黼一出来就捅了个通透。他面无表情地一个一个扫视百官，众人纷纷禁言。

"王大人，有何妙法呢？"蔡京的声音不大，在场的人却听得清晰。

王黼知道今天是薄了蔡京的面子，可他作为户部尚书不得不在圣驾面前有自己的想法。他向蔡京施礼，而后转向皇帝："官家，臣认为可在内务府支取一笔银两，交于蔡大人，全作订购御用建盏，蔡大人可命各个窑口烧之，而后选检进贡。此法虽不叫官窑，却可叫御瓷。"

此法一出，百官称妙。徽宗皇帝笑呵呵地对蔡京说："蔡相意下如何呀？"。

蔡京赔笑道："王大人此法确妙，当以此法用之。"

徽宗皇帝格外开心，君臣同心解决了一件美事。

蔡斌却惊出一身冷汗，总算还好，授命未失，皆大欢喜。

十一

散朝出宫，百官纷纷向蔡斌施礼祝贺，蔡斌一一回礼。蔡京和张涣也来到面前。

蔡京说："文怀，今日官家对你深表重视，你那两千只建盏他很是喜欢啊！"蔡斌一听连忙施礼。"此方进京你也别急着回，多看看走走，换帖公文让溢流给你办，我就回了。"

拜别蔡京，蔡斌正要上牛车回馆驿，忽然听见有人喊："蔡大人留步。"

他一回头，正是王黼。

"蔡大人，刚才多有得罪了……"王黼拱手致歉。

"王大人言重了，下官办事不利，还望多多赐教。"蔡斌客套了一番。

"蔡大人，您可是名门之后，这举手投足皆有蔡少师的风范啊！"

王黼提到了蔡斌的祖父，这让蔡斌突然觉得此人多有不同。刚才大殿上的对话就可以看出他做足了功课，那些话说得滴水不漏，就连宰相蔡京虽然心里不痛快，却又说不出来。

"不知王大人有何见教？"蔡斌也想知道他想干什么。

"哎，见教不敢……"王黼笑了笑，"就是想请蔡大人吃饭……蔡大人可要赏光。"

蔡斌无法拒绝，只能答应下来。

王黼见蔡斌答应了，很高兴，为了让蔡斌安心，他又说了一句："晌午明月楼，我让你认识一个人。"

十二

馆驿大堂，蔡斌坐在中间，一旁坐着崇明先生，蔡亮站在堂下，老管家阿四端了些茶点进来。蔡斌刚刚讲完早晨上朝的经过，拿着茶点吃了起来。

崇明先生说：“中午这宴是要去赴，王黼所做之事确实缜密，看来他要让你认识的人，对你此后之事必为有利。”

蔡亮皱着眉略有焦虑：“大人赴王黼之宴，要是给蔡相得知了，又会怎样呢？”

“这不妨事，”崇明先生接过话题，“蔡相和王黼并没有交恶。”

蔡斌点头称是。

十三

晌午将至，东京的街头人潮涌动，蔡斌换去了官服，着了一身锦袍，来到明月楼。王黼家的小童已在门外等候，见蔡斌来了，忙上前施礼：“蔡大人，我家老爷等您多时了，请随我来吧。”

这明月楼是东京城内颇为有名的酒楼，达官贵人常设宴于此。小童带着蔡斌穿过大厅来到内院的一处雅间。王黼正坐着点茶，见蔡斌进来并未起身，只是笑着高喊：“蔡大人来啦，快快请坐……先尝尝我这……鹧鸪不知春。”他说着手中的茶筅飞快地击拂。

蔡斌入座，打量着眼前这位户部尚书，风流倜傥、官威暗藏。忽然他看见王黼手持的建盏，这是一只黑釉银斑。“鹧鸪斑！”蔡斌不觉喊了出来。

“蔡大人好眼力，来来来……先吃我点的茶。”说着他用茶勺分出一盏来。

蔡斌坐下时已然闻到茶香，看盏中茶沫厚润、洁白如雪，便尝了一口：“好茶！想不到王大人茶艺不凡啊！”

“哈哈哈……我这都是现学现卖的……”王黼看着蔡斌惊奇的表情说，“见见我的老师吧，雷掌柜出来吧。”

雷掌柜从内屋转了出来，给蔡斌深施一礼：“蔡大人在上，小的有礼了。”

十四

“雷春!”蔡斌见到这雷掌柜不禁喊了出来。

“蔡大人，时才听王大人讲起，便觉是您，不敢说，这真是缘分啊!”雷掌柜笑得合不拢嘴。

“都说你在东京谋事，刚才看见这只鹧鸪斑便想起你来，果然……”蔡斌见到了福建的熟人，这心就放了下来。

王黼一脸诧异:“等等，你们原来认识啊?”

“去年秋天到建阳，便是住在他们家里，”蔡斌连忙解释，“他爹雷太公可是一个烧盏的好手，家里的龙窑也是全村最大的。”

“既然认识那就好办了，今天没有外人，就我们三人，我们边吃边聊。”王黼一抖袖子，伸手拉了他俩上了饭桌。

十五

蔡京府上，蔡京吃完了饭，正在花厅前逗鸟。管家领着吏部侍郎张涣进来。

“蔡相，有何吩咐?”

“溢流呀，你吃过饭了吗?”蔡京关心地问道。

“安排完事情，我便回家吃。”

“你就不用回家了，一会儿就在我这吃吧!”

“是。”张涣不敢拒绝。

“给蔡斌的公文我已经写好了，一会儿吃了饭，你就带走，明天早上你和梁公公就去馆驿把圣旨宣了，让蔡斌快快回福建去，省得那些人排着队宴请他。”蔡京吩咐道。

“是。”张涣答应了却没有走，“刚才蔡斌赴了王黼的宴请，明月楼。”

蔡京听完凝神想了想，摆了摆手，并没有说话。

张涣似乎还想说什么，见蔡京背对着他，便告退了。

十六

明月楼，王黼的这顿饭吃得很融洽，都是熟人了，说话就放得开了。

雷掌柜给二位倒上了酒："二位大人，这京城的建盏价高至十几贯，可为啥还是买不到？"

"为啥？"王黼急迫地问。

蔡斌喝了一口酒："你说吧！"

"嘿嘿，不急、不急……"雷掌柜捂着不说，"你们知道这京城最大的建盏卖家是谁吗？"

"上元斋，这个我知道。"王黼再次抢着回答。

"你就说吧！"蔡斌还是那句话。

"哈……哈……哈，就知道王大人会说上元斋……"雷掌柜大笑起来。

"怎么，不对吗？"王黼惊诧地问道。

"不对、不对，上元斋只是一个门脸的扎……它卖的建盏不过十之一二。"雷掌柜的点破使得二位颇为震惊。

"不是上元斋，那又是谁呢？"王黼和蔡斌二人竟然异口同声。

"到底是谁？你快说！"二位均端起了架子。

雷掌柜见状站起身，后退两步忽然下跪："二位大人，今日有幸能共聚商讨建盏之大事，我有一请求，请二位大人成全。"

两人大为吃惊。

"雷春，你这是为何？什么请求？"蔡斌见状大声喝道。

"两位大人都是此事督办，我的请求，二位必能成全。"雷掌柜说得铿锵有力。

王黼想了一会儿，说："好！我答应你。"

"蔡大人，您呢？"雷掌柜跪在地上，很是激动。

蔡斌看了王黼一眼，见王黼点了点头，也说："好吧……不过只要有枉法之事，这答应也不做数。"

雷掌柜爬地而起："两位大人，这京城建盏的最大卖家就是大相国寺！"

"大相国寺？"王黼、蔡斌目瞪口呆。

十七

皇宫，垂拱殿内，蔡斌的贡品摆了一地，两千只建盏一只一只装于木盒之内，如同砌了一段矮墙。

内官梁师成问道："陛下，这……放在这里合适吗？"

徽宗皇帝只是呵呵地笑着，一只木盒一只木盒地打开，端详里面的建盏。"两千只盏，朕要开个茶会，就可以开啦！"

梁师成连忙迎合道："官家要想开就开吧，奴才去安排。"

"好！就看这个蔡斌干得如何，年末他若能进贡一批茶盏，朕就马上办一个茶会。"

徽宗皇帝对梁师成说道："师成，你立刻去往馆驿，宣蔡斌来这里，朕要见他。"

"是，陛下。"梁师成躬身退出，带了两位小内官就往馆驿去了。

十八

蔡斌和王黼一听“大相国寺”，不觉一惊。

“对，这大相国寺是皇家寺庙，净空法师又是官家的朋友，二位大人，你们难道都没有去请几只禅盏吗？”雷掌柜的问话如利刃刺在两人的胸口。

“我每年都要去个两回，夫人是常去的，家中的茶盏确有不少是夫人请回的……”王黼仔细回想，确有此事。

“每年这些个名贵的建盏一进京，都先保大相国寺，而后才会送去上元斋、红霞坊等铺面……”雷掌柜讲得详细，二位大人也听得真切。

“雷春，此等详情你如何得知的？”蔡斌问道。

“蔡大人，我这些年混迹东京全靠漕帮，那漕帮的陈帮主陈长青是我忘年的朋友。”

王黼点了点头：“雷掌柜是想取代大相国寺咯？”

“不不不，”雷掌柜慌忙否认，“不是取代，净空法师的道行我哪里能及呀！”

“那你到底要做什么？”蔡斌也急了。

雷掌柜再次站起身来，一拱手：“二位大人高受皇恩，小人愿赴汤蹈火，万死不辞，只想获得这建盏的独家售卖之权，望二位大人允之！”

王黼明白雷掌柜的心思，只要他能管控得力，有何不可呢？他拍了拍蔡斌的肩膀：“蔡大人，你的御瓷有限，而民间的交易是无限的，我于百官面前薄了您的面子，也是基于此意的。”

蔡斌哈哈大笑起来：“雷春，你跟我回福建吧！”

此时，雷春喜笑颜开。

十九

从明月楼回来，蔡斌就困卧于榻上，崇明先生在厅前打坐，蔡亮佩刀立于厅上。申初刚过，门外有人来报，内官梁师成前来宣旨。蔡亮忙叫阿四去喊醒大人，自己与崇明先生去迎接梁师成。

梁师成问蔡亮："你家大人可在？"

蔡亮拱手道："在的，内官大人，中午吃了些酒睡了，刚醒。"

"哦……那就快叫出来吧！"

蔡斌着了官服快步出来："内官大人，宣旨吧。"

梁师成笑道："哪有什么圣旨啊……口谕，蔡大人随我进宫吧！"

二十

蔡斌跟着梁师成沿皇宫长廊前行，老远就听见有女眷嬉笑的声音。梁师成余光一撇，笑道："这是官家在给娘娘们讲茶道呢……"

蔡斌不敢答话，微微点头。

进了垂拱殿，蔡斌便伏于地上，只听得梁师成尖声问驾。

徽宗皇帝让嫔妃退下，从建盏矮墙中探出头来："蔡爱卿，平身吧，近前说话。"

蔡斌起身，低头而进，离徽宗皇帝一丈开外躬身行礼。

徽宗皇帝看蔡斌很是拘谨，就皱起眉头了。"文怀，又不是朝堂，你不必紧张嘛！"

一听皇帝直接喊了自己的名号，蔡斌慌忙行礼："官家宽厚，臣子不敢僭越……"

"好吧，好吧！文怀，朕有一些事想听你的说法。"

"官家请问。"

"这建盏所造之土，非建州当地之土不可吗？"徽宗皇帝此问，蔡斌回答过无数次，但是今天之问确是出自帝王之口，蔡斌不敢怠慢。

"是的官家，即使在建州也不是哪里的土都能用，唯有后井村一带才能用之……"蔡斌谨慎回答。

徽宗皇帝看着手中的建盏，点了点头："北方的窑口多有仿制，但皆不如它啊！文怀，这建盏一年能有多少产量？"

徽宗皇帝的问话忽然在后半句低沉下来。

蔡斌跪伏在地，他听得出徽宗皇帝心中的忧虑，建盏的产量也是他最头疼的一件事。

"官家，这里的两千件，便是我花费一年精心挑选出来的……"蔡斌语气沉重，"不过……"

梁师成一听此言心中一惊，他转头看了宋徽宗一眼。

徽宗皇帝满眼忧郁，但听见蔡斌说出“不过”二字却又期望于心。

梁师成急切地催促：“不过什么呀？您快说呀！”

蔡斌提高声调，直起身来，拱手对着徽宗皇帝：“不过，今日授命官家督造御瓷，臣必当即刻回闽，组织当地窑工多开龙窑，加紧烧制，必能大有改观，必能一解京师用盏之需。”

徽宗皇帝愁云消散，他放下建盏，回身坐回龙椅：“好！蔡文怀，我给你二十万贯，明年此时你可要带两万只盏进京。”

蔡斌整了整衣冠，面对皇上躬身而拜：“臣蔡斌，领旨谢恩！”

二十一

次日，朝堂散去，大臣们纷纷与蔡斌拜别，蔡斌频频作揖，一番寒暄之后众大臣均已离开。张涣手捧公文一直站在旁边，直至最后。两人相视一笑。张涣将公文递给蔡斌，又拿出一纸票据，叮嘱道："这是内务府的二十万贯，我已替你存入了'便钱务'，这是'给以券'，二十万贯，你拿好了。"蔡斌接过来，揣入怀中。

张涣又轻声说："此方进京，还没坐热就让你回，真是不该啊！"

"哪里哪里，还劳溢流兄连日置齐公文，圣意之下我哪里敢多耽搁啊……"蔡斌与张涣是同窗自是不必客气。

"让你快走也是恩师的意思……怕……你难缠于众人。"张涣实话实说了，这也是他的担心。

一听此话，蔡斌深表感谢，不觉移动身子，向大殿里看看。

蔡京正和梁师成在大殿里边走边谈，见众人都已走完，便快步与梁师成一起出了大殿。

"贤侄……老夫还有一事，哈哈。"蔡京有意在梁师成面前喊"贤侄"，是想让梁师成明白此事正是他精心安排的。

梁师成自然明白蔡京的意思，一路赔笑。

蔡斌和张涣见蔡京过来，都拱手行礼。

"贤侄啊，我和梁公公就在此和你道别了，官家的旨意你也是清楚的，万万不可辜负啊！"说着他从袖袍里掏出一封书信，递给蔡斌，"这封信是给你父亲的，你帮我带给他吧。"

"是，多谢恩师……"蔡斌深鞠一躬，又向张涣和梁师成拱了拱手，转身上了牛车。

牛车缓行，蔡斌拿着这封信觉得奇怪，恩师与父亲并未交集，为何书信于他呢？

二十二

正阳码头上，崇明先生和蔡亮一早安排了行船事宜，蔡斌上朝时，这边的行礼就收拾装船了。来时有货物，这回福建便是轻船而行了。

虞候蔡亮看看日头，算着时辰，觉得蔡斌也快来了，便招呼几个衙役收拾了场地，忽然只听有人喊：“蔡虞候……”

蔡亮一回头，见是福建的熟人雷春，一脸惊讶，连忙拱手施礼：“雷公子，你这是……要去哪呀？”

雷春带着一位仆人，推着一辆独轮小车而来，一把就拉住了蔡亮的手：“蔡虞侯，半年不见您可好啊……？”

“嗨，可好、可好，雷公子……你这是？”蔡亮和雷春交情不错，半年前蔡斌在水吉镇办事时，私下搭把手的就是雷春。

“呵呵呵，”雷春只是在笑，“和你们一起回福建啊！”

“啊……原来是你呀！”蔡亮这才想起昨晚主人交代，明早有人要一起回福建，要好生安排。

蔡亮一边招呼下人把独轮小车推上了船，一边对雷春说：“昨晚相公就说了，明天有位熟人和我们同回，还要兴办‘御瓷’，原来是你，这就好了，有你帮衬这事就好办多了。”

雷春呵呵地笑，码头人多他也不便多说：“是啊，这办建盏的事，我定当义不容辞啊！”

崇明先生在船舱内听得真切，便走出来：“是雷家的大公子吧？”

雷春一回头，见是老师，伏地便拜：“学生不知老师在此，请恕罪。”

原来崇明先生在水吉做过三年私塾先生，雷春便是他的得意门生。蔡亮挠了挠头，嘟囔了一句：“原来都是自家人啊！”

二十三

蔡斌的牛车驶入了码头，蔡斌下车时看了一眼空旷的码头，这次回福建并没有人前来相送，不觉有些失落，好在官家下了圣旨，又拨付了二十万贯，算是开了个好头，接下来便是他这个转运使如何运筹了。

不过，他也能感觉到，此次在官家和众大臣面前，都是恩师蔡京一手把弄，众人都不敢有异议。只有户部尚书王黼直戳了建盏行事的痛处，搞了一个“御瓷”的方案，这比“官窑”可是大大减少了开支。

王黼的能力确实不一般，明明是推翻了“官窑”的议案，却连恩师蔡京都无力反驳。

从“官窑”到“御瓷”这里面可控的事情是完全不同的，“官窑”所需花费完全不可控制，需要多少开销全凭自己高兴。蔡斌也觉得可惜，不过这样也好，不然单给恩师蔡京的好处就要一大笔。王黼的主意断了这利害，就连与自己的通联，也看不出他有什么额外的用心，连他推荐的帮手也是自己的老相识。

想来也没有什么不利的因数，蔡斌颠了颠袖袍里的信，心中有了主意。他和阿四下了牛车，直径上了船，一会儿就拔锚起航了。

官船驶过了东京水门，水面宽阔了许多，这就算是正式踏上回乡之路了。

二十四

建阳县水吉乡，春雨连绵，南浦溪两岸山林葱郁。一群穿蓑衣的人行走在山间小道上，他们要在南浦溪岸边修一座码头，雨季一过，外地进来的客商便会来运走烧成的瓷器。

走在前头的叫孙大围，是后井村的一位窑主，长得膀大腰圆，在后井村他是村里的主心骨，只要他号令一声，大家都会跟着动。孙大围有座龙窑，手下也有十几个徒弟。他的瓷器生意做得不错，多烧平常的生活器物，尤其是青釉瓷、青黄釉瓷的烧制，时常有外地客商到村里订货，都是冲着他的名气。

孙大围的师傅便是雷太公，雷太公是后井村的族长，是资历最深的老窑主，他的龙窑也是全村最大，村里的窑工大多是他的徒弟。孙大围与雷太公不同姓，不是一个家族，家里也有资财，出师后就自己立了窑。这虽然另立了窑炉，但是孙大围对师傅还是敬重有加的，师傅有了想法，自己便着手去办。

一天前，雷太公把家族的几位管事的主家找了来，也叫来了几个外姓徒弟，说了想搭设码头，好让外来客商进村运货的事。孙大围满口答应，今天他带着几个徒弟和三家窑主来到南浦溪边选取场地。

天上细雨绵绵，没有停的意思，孙大围顾不得许多，穿着蓑衣就出门了。

从村里泥泞的小道出来，直到南浦溪边，这里原本就有一个过渡到对岸的渡口。对岸的七里岚村，也是一片山林，平日早晚总有一道白色烟雾萦绕山腰，顾称“七里岚”。

这个渡口离对岸较近，水面平缓，一块大礁石从岸上伸到了河里。

孙大围看着摇了摇头：“不行啊，太小了……”大家也都在摇头。

雷家四叔雷木恒出了个主意："大围，我看你带几个人往南，我带几个人往北，看看有无好地吧？"

孙大围同意，于是两人分成两队，一队往南、一队往北，搜索前进。

往北的雷四叔走出千余步，发现皆是陡峭山崖，落差太大，只能回头。孙大围往南，走出八百余步，便看见河面更宽了，且水平如镜，离岸边约两百步便有一大块平地，非常适合搭建货场和仓库。

两拨人一聚头，就确定了场地。

二十五

何时动土是要选择良辰吉日的。孙大围让徒弟取出叉尺量了地界，这块平地足有十亩，长满芦苇和矮草，往东三里地就是芦花坪，穿过芦花坪，就是后井村了。

雷四叔又出了个主意："大围呀，我看我们不如就此向东，开条路回去吧？"

"好啊！反正以后我们就是要走这条新路了。"大围爽快答应。

众人都抽出柴刀劈砍芦苇，孙大围走在最前头，一路"嘁哩喀喳"砍出一条一丈余宽的小路来。

回到后井村已过了中午，孙大围让徒弟们回家吃饭休息，自己和三位窑主直径去了雷太公家。

一进大门孙大围就高喊："师傅、师傅……"

雷太公从内屋走到堂前，一见几位兴致高昂，便知道有了结果。"大围，找到地点啦？"

孙大围几人在天井边脱下蓑衣和斗笠，一边就着屋檐的雨水清洗脚上的泥浆，一边高兴地回答："找到了、找到了……"

暮春的闽北，雨季还是有些寒冷的，是最后倒春寒，四个人却呼呼地冒着热气。

"村口往西六七里，穿过芦花坪，就在南浦溪边，有片十亩大小的杂草荒地……"孙大围兴奋地说着。

雷四叔也答话："平了杂草就是很好的货场，还能盖个大仓库……"

雷太公捻了捻胡须："哦，那好啊！水面可平稳吗？"

"平，又宽又平……哈哈哈。"众人说着高兴地大笑。

"师傅，您算个日子，我们动土吧！"孙大围这话语音不高，但确实个要紧的事，众人都点头。

雷太公让大家稍等，自己进屋取出一本算涓吉录，这书是一本手抄本，书面都发黄了，是雷太公年轻时自己抄的。

“我这几天一直在算，今天是三月十四，三天后便是吉日良辰。”雷太公翻着书页，指给大家看。

“好！就三月十七，师傅你写个通告我贴到村口去。”孙大围说做就做。

“不急、不急……”雷太公继续说道，“大围，虽说村里瓷器是你我两家最大，但是这码头是我的提议，钱由我家里出，大围你领着人出把力。”

“师傅，您可别这么说，这事我干，这钱也要算上我一份。”孙大围说得斩钉截铁。

当年雷太公收了他们几个外姓的徒弟，传了一身本事，后来自立门户，孙大围也是做得家境殷实，他对师傅恩情却一丝也不敢忘。

雷太公见徒弟执意给钱，也就不再推辞，他写了张布告让孙大围去贴，又让雷木恒在祠堂里设下文书案，做好出钱出力的登记。

二十六

兴许是天公作美，前一天下午就不再下雨，十七日一早，几乎全村人都到了这码头的新址，原来的小道也被再次拓宽。人们挑着担子带来了祭拜天地的物品，背北朝南搭起了祭台。

雷太公本不想这么大张旗鼓，这个码头本就是自己家族里的事，不想贴出布告后，全村外姓窑主都来参与，这就成了大事。雷太公身为族长又是后井村的里正，就公事公办了，行文备案报给乡里。

雷家四叔雷木恒看看日晷，时辰已到，便提醒雷太公："爹，时辰到了……"

雷太公点点头，他回头扫视了一遍家人与乡亲，村里能行动的男女老少都来了。他提高声调对大家说："诸位乡亲，今天我们村新开码头，为的是把我们的瓷器活做大。我们的瓷器手艺祖祖辈辈传到今天，也算是有了盼头，这个码头只是一个开始，以后的日子我们可不能怠慢啊！……上香……倒酒！"

雷四叔点燃了一把长香，分给前排各家主事，大伙儿跟着雷太公一起跪拜。三拜于天、三拜于地、三拜于河神，三碗酒泼于地下之后，孙大围带人点燃了九个炮仗，"呯呯呯"……

烟火弥漫的岸边人们开始欢呼，山林仿佛醒来，鸟群飞起，掠过了南浦溪。

二十七

祭祀过后，闲杂人等都回了村里，剩下的四十多人都是出工干活的劳力。孙大围安排一半人去树林里伐木，另一半人就地清场，这岸边需要搭建六十步长、十步宽的木栈码头，离岸两百步还要盖一间大仓库，这样一算下月初便能完工，但是如果再下雨，就要停工等待。孙大围叫足了人，打算趁天晴把岸边栈台造好。

雷太公站在岸边看着大家干活，也插不上手，大家都让他回家去，可他哪能就这么走呢？看着这些年轻人干得热火，雷太公心里很踏实，家里的龙窑是后井村的名号，自己烧的茶盏已是远近闻名，几个外姓徒弟虽然自立门户，但是这陶瓷生意还是靠着太公。如今生意逐渐做大，修建这座码头是必不可少的。

孙大围查看完水位，定好了落桩点，从河里跳上岸来，直径走向师傅。他擦了一把汗，见师傅捻着胡须笑看自己，便说："师傅您先回吧，这会儿也没大事，我都清楚着呢！"

雷太公呵呵地笑了："我一会儿就回，龙窑有几处漏雨得修修，有你在这我放心。"

听师傅说到龙窑，孙大围忽然想起件事来："对了，师傅，茶盏的订量可是又加大了，我准备再撤下四目青釉瓷器，上茶盏，虽然成品量少，可是价位高出很多，划算！"

"大围，你就是再撤四目，总共八目加烧也是不够！"雷太公说完就呵呵地笑了。

"那这么说还得再修一个龙窑？"孙大围有些吃惊。

"嗯……"雷太公笑着冲他点了点头，然后转身回家去了。

孙大围纳闷了，师傅难道真要再修一个龙窑？

二十八

雷太公心情愉快，拿着一只芦苇花，背着双手轻快地穿过芦花坪。他抬头看着山坡，山上是密密的松林，这些松树是烧制建盏的最好燃料。他停下脚步，转身上了山坡。

雷太公从山脚下往上走了两百大步，他站在中间隆起的山坡上，左边是后井村，右边是码头，此处要是修起一个龙窑，这五行四象就全占齐了。

雷太公美美地下了山坡，忽然一个小男孩匆匆跑来。小孩四岁，正是顽皮的时候，手里拿了一只烧废的茶盏，看见雷太公从山坡上走下来，喊着“爷爷”跑过来。

“哎哟，阿正啊，你又要跑到哪里去啊？”雷太公抱着孙子哄他。

阿正是雷春的儿子，是雷太公的头一个大孙子，他爹每年开春就上京城贩茶、卖盏，一去就半年，儿子就跟媳妇在家待着。雷太公最疼这个长孙，常常带着他到龙窑去。阿正也极聪明，听着爷爷讲的话，都能记下来。

“奶奶叫我喊你回家吃饭哩。”阿正奶声奶气地说。

“哦，好啊，爷爷这不是回来了吗……嘿嘿。”雷太公看见阿正手里拿的茶盏就问，“这个是哪里拿的呀？”

阿正很严肃地说：“这是二叔刚刚带回到家里的，你看，这边的兔毫全出来了，这边还没出来，给火不足啊……”

“噢……爷爷看看。”雷太公仔细瞧瞧孙子手中的盏，还真是那么回事，“嗯！阿正说得对，是给火不足了……阿正成师傅啦！”

爷爷的夸奖让阿正很高兴，他就喜欢在爷爷和叔叔们讨论烧盏时在旁边看。爷爷也很高兴，心里暖呼呼的，这家族的事业是后继有人啦！

二十九

雷家二叔雷木勇是雷家烧窑的管事，是雷太公最为倚重的帮手。雷家二叔平时管理窑口的事物细致有道，不论是本地还是外地的窑工都愿意为雷家干活，并不是雷家价钱出得比别人高，而是雷家二叔对人谦逊，从不跋扈，遇到事情，以理立争，从不认怂，事后还能抚恤人心。这些性情都与雷太公很像，自然颇受信赖。

这天雷家二叔从窑口带回八只瑕疵品，想和父亲探讨龙窑改造的事，小侄儿偷偷拿了一只去。

雷太公抱着阿正回来。一见二叔，阿正就喊："二叔，我和爷爷看过了，这是给火不足的原因……"

"呵，你这小家伙也懂啊？"二叔从阿正手里拿过盏来，"快找你娘去。"

阿正从爷爷身上下来，一步一跳地跑进后堂。

父子二人在大堂前聊开了，这情景是雷家的常事，只是现在少了老大和老四。

游老夫人从后堂出来招呼他俩："老头子、二啊，快去吃饭吧，吃完你们再上窑口聊去。"

"来了来了，河边工地的饭送去了吗？"雷太公还是关心码头的事。

"送啦，四媳妇已经去啦！"游老妇人管理的内院之事井井有条。

"娘，今天码头开工祭祀，有什么好吃的啊？"雷二叔笑着问母亲。

"都是你爱吃的，快去吧……"母亲也爱二儿子，二儿子顾家，不像老大，总往外面跑，一年也见不着几天。

三十

雷太公家在后井村是最大的家族，村里一半的土地都是他们家的，随着几家外姓的迁入，后井村的人口翻了一倍。雷太公是村里的里正，却从不只为自己干事，有什么事总是先想到村里，这使村民都格外相信他、敬重他。他们家的下人只有三个，厨师、管家和丫鬟，许多家里的活也都是游老夫人和三位儿媳妇一起干。

父子两简单地吃了午饭就上龙窑去了。雷家的龙窑就在芦花坪对面的庵尾山，龙窑约长百步，有二十目，龙窑上面盖了瓦木长廊，左边是制作瓷器的木棚，一架水车将山中的泉水引到跟前的水塘里，右边是摆设柴火的地方。

今天没有下雨，长山伯就忙着劈柴了，见两位主人上来，便放下了斧子，迎了过来。

“老爷，我已经安排他们整修瓦片了……”长山伯说着指了指上面。

雷太公顺着他指的方向看了看，几个徒弟驾着长竹梯在屋顶上叠瓦。“阿双啊……竹梯要扶好啊……”他提醒着徒弟们。

“知道了，师傅。”阿双答应道。

阳光暖暖地透过这片瓦棚，洒在几个人的身上，雷太公觉得有点感慨：“三十年了，长山，你也在这干了三十年了吧？”

“是啊，老爷，建这座龙窑时，二少爷刚出生呢……哈哈。”长山伯应和着。

“老二，你说的几处给火不均匀，还有多处的密封不慎，是这窑太老啦……大围的新窑就好不少。”雷太公看着自己的儿子说了心里话。

雷家二叔听出了爹的暗示，问：“要盖新窑吗？爹……”

“老爷，如今生意这般好，是要修新窑了。”长山伯应和道。

雷太公转过身来，望着对面的芦花坪，他抬手一指：“看看那边，那个山坡上和这里一样，山下有小溪，到码头不足千步，正是新窑的最好地点。”

雷家二叔高兴地问：“爹，什么时候修建啊？”

“等你哥回来就干。”雷太公说得斩钉截铁。

长山伯呵呵地笑：“那我可要多劈些柴火……”说完就走到一边抡起了斧子。

三十一

转眼过了五天，码头上，木栈台已经建好了，后面的仓库也已竖起了柱子。孙大围和雷四叔正领着木工上房梁，周围一大片清出的货场上，村里的小孩们在上面跑来跑去地嬉戏。

这几天，周边的村子都有人来看，搭建码头的消息几天就传遍了建宁军。雷太公搭了一处油布雨披，摆上了一张八仙桌，每天都要接待几位周边的客人。

此刻一条大船从南面驶来，船头两位商人模样的先生，老远便见这边新建的码头，示意船夫靠上岸边去。

雷太公也看见了，便迎到了木栈台上。船一靠岸，雷太公就冲着两位先生施礼。两人还礼来到岸上。雷太公见二位脸生，便笑问："二位先生看着面生，是第一次到我们这里吧？"

二位也笑了，身着青色锦袍的先生忙说："是的，我们从福州来，沿河而上，看见老先生这里新搭的码头，不知是何货物啊？"

雷太公请二位先生雨披下落座，一边吩咐下人点茶，一边回答客人的问话："老朽是做瓷器的，这几年我们这里的茶盏颇受看重，不少商客来此订制，就修了这个码头。看二位先生的船，可是来做茶叶生意的吧？"

听到茶盏时两人不觉对视了目光，白衣先生始终不答话，都是青衣先生作答："老先生好眼力，我们确为茶商，时才听得老先生说到茶盏，这里就是后井村吗？"

"正是后井。"雷太公颇有些得意。

两人又相互一望，哈哈大笑："老先生定是雷太公了？"

雷太公也是吃了一惊："正是老夫、正是老夫……"

二人起身向雷太公施礼，青衣先生又道："今天我二人是特意为寻您而来的，我姓徐单字远，是福州的茶商，这位是扶桑国的濑户介先生，真是有缘巧遇了。”

不单是雷太公，这岸边做事的人都停下了手中的活。

三十二

蔡斌的官船向南已经行驶了二十六天，到杭州时修整了一天，沿钱塘江而下到了江山。虞候蔡亮便下船换了驿站的快马，先行至清湖筹备陆路的行脚。

从清湖换乘牛车，行陆路翻越仙霞岭，便进入福建的地界了，再有个五六天的路程就可到家了。

雷春雷掌柜这一路和蔡大人、崇明先生、阿四还有虞候蔡亮等上上下下交往密切，展露了一位老江湖的本事，不仅语和人意，还腿快手勤。众人都对他颇为友好，连行船的船夫都称其为“雷哥”。

他带的仆人阿福与之相比却显得木讷许多，私下里阿福总对他抱怨：“大少爷，一些事不好您亲自动手的，可以喊我去办的……”

雷春一挥手，一颗“栗子”就敲上头来：“你小子，好好看着、学着，这是蔡大人的官船，可有你的架子摆着呀？”

阿福也不敢做声，加快手脚跟着帮忙。

崇明先生看在眼里，心中明了，他对雷春是了解的，对他家里的情况更是一清二楚，能帮助蔡斌的此时非他莫属，因此和蔡斌讨论过雷家的作用。

对于蔡斌来说，要倚重雷家肯定是少不了的，对于雷春有王黼这条线，他有些拿不准。但是他并没有看出王黼对此事有何阻碍，因此他决定不管其他，只要快速组织好建盏的大规模烧制，毕竟明年官家向他要了两万只建盏。

三十三

听说村里来了扶桑国的商人，大家都十分惊奇，都跟着来到雷家大院看。

雷太公和游氏坐在前堂的太师椅上，两位客人落座在左边。下人端上了点好的茶，用的是自家烧制的上好的兔毫盏。

“二位请吃茶……”雷太公看着他们捧着建盏喝了一大口，也不知说些什么才好。

濑户介喝了一口茶，便捧着茶盏端详起来，这是雷家前几年烧的，备着十几只专为接待贵重的客人用，绀黑釉面，银色的斑纹，衬着白色茶汤泡沫，显得格外古朴，盏底还有三处釉泪挂珠。

濑户介很激动，他看看徐远，扬眉点头，又转头对雷太公说：“美食美物……”

雷太公惊喜：“原来濑户介先生会讲我们的话啊……”

“会讲一点点。”濑户先生笑答。

徐远连忙插话：“濑户先生是饱读我朝诗文啊！”

一番对话拉近了距离，雷太公也没有了芥蒂。

“雷老先生，像这样品相的茶盏还有吗？我们此次便是为这而来，想着能买些带走啊。”徐远的话恰到好处，做生意明明白白。

“有的、有的，徐先生，年前烧了一批，就在厢房里搁着，我带你们去挑可好？”雷太公说着便起身带路。

西厢房通透明亮，烧好的茶盏都摆放于此，尚有一千余只，摆放整齐。

徐远和濑户介置身于建盏堆里有些不知所措了，看看每只都非常不错，看来今天是来对了地方。

三十四

蔡斌的官船在清湖码头上了岸，换乘四辆牛车，虞候蔡亮先行而至，不但准备了牛车还调了一都官兵护送。队伍行进中不断有同路商队加入。虞候蔡亮和官军都头纵马在前，浩浩荡荡地向仙霞岭而去。

听说是因为近几日有股强人在此处作案，当地的官军奉调出动了。蔡斌听闻有些生气，至仁宗以来福建何时听说过出了匪盗？近年也未有天灾袭来呀？

崇明先生一直不做声。雷春便说道："这两州相邻之处，躲藏几个强人，也不稀奇，我去年上京城时便遇到两拨人打架，其中一拨人便是强人，遇上了大户人家带有家丁，两边就打起来了，我们乘乱绕行跑下了山。荒野之处切不可独行，白天结队通过最为安全。"

崇明先生听完便笑了，说"雷大公子，去年你进京带了几斤茶叶、几只建盏呀？你绕过去，你的货也绕过去吗？"

雷春知道说了大话，接不上茬了，索性继续编："嗐……我绕过去，货自然是被堵下了，好在那大户人家打赢了……嘿嘿……"

崇明先生此时便对蔡斌严肃地说道："大人，此处是进京咽喉，万不可有强人出没，大人必须以铁腕制之。"

"先生所言甚是，此祸害必须剿灭！"蔡斌心里正筹划着如何扫荡仙霞岭的强人，这是他马上要运送货物进京的重要通道，不得有一丝马虎。

三十五

虞候蔡亮纵马前行，行至山高深处，见两位樵夫挑着柴火反向密林走去。虞候蔡亮大喝“站住”。左右官军便冲出八人，将两位樵夫抓住。

都头命士兵戒备，大队人马便停了下来。

两位樵夫被带到虞候蔡亮的马前。其中一人惊恐万分，手脚发抖。虞候蔡亮一见更加怀疑，问“你们是什么人？”

神情镇定的樵夫忙说：“我们是山下的佃农，上山来打柴的……大人。”另一位神情慌张的樵夫不住点头。

“山下佃农……哪个村呀？”神情镇定的樵夫正要回答，虞候蔡亮迅速制止，“不是你，他说！”

“那个……那个……茅林，茅林村……”那位神情慌张的樵夫哆哆嗦嗦地回答。

一听是茅林村，虞候蔡亮怒喝：“茅林，浦城县的茅林，离此处有一百多里，你们这是打柴呀还是打猎啊，今天能回得去吗？我看你俩就是强人的探子，给我好好地搜一搜。”

几位官军上前将两人压在地下，扒了上衣，遍身细搜，

从二人怀里各搜出一把剔骨尖刀，又将两人的柴火拆开，发现挑柴的是两条哨棒。

虞候蔡亮跳下马来，一把揪起神情慌张之樵夫的头发，指着地上的兵器喝道：“这些兵器也是你佃农所有吗？还不如实招来！”

“小人招了、小人招了……大人。”这个樵夫吓得直接尿了裤子。

三十六

徐远和濑户介在雷太公的西厢房内挑了八百余只上好的兔毫建盏，以一只二百文的价格，一共支付了八十余两白银。这样的交易两人非常满意，雷太公自然也是格外高兴。

徐远与濑户介挑遍了这间屋子的藏货，总觉得差些什么，便问雷太公："金兔毫、银兔毫皆有，为何不见鹧鸪斑呢？"

雷太公先是一愣，而后笑着说："二位先生，既然知道鹧鸪斑，可听说此盏极难烧成，烧上万只得其一二。"

"这么说，鹧鸪斑是真没有吗？"二人表示非常遗憾。

雷太公见状摇了摇头："老夫尚有八只，二位稍等，我便去取来。"

不一会儿，雷太公取来一只木箱，打开，里面是八只鹧鸪斑油滴茶盏，其中两只撇口盏、六只束口盏。

徐远和濑户介一见分外高兴，便要全部买下。

雷太公伸出一只手，张开五指："五百文钱一只……"

二人毫不含糊又取出四两白银交给雷太公。

这次交易圆满完成，雷太公送二人上了船。濑户介对雷太公一拱手："雷太公，希望我们还能见面，这些茶盏是上国神品，我带回去，必为我国人看重。"

雷太公点了点头："濑户先生，这些是我乡水土所造，仅为生计，先生言重了。"

送走了二位，雷太公细细品味，码头的修建使后井村的陶瓷交易上了一个档次，以后这样的客商定会络绎不绝。这次交易还有一个苗头，便是买走的都是茶盏。村里人并不知道这黑釉的茶盏在外面的价格，通常青瓷釉的碗、盘也就十几文钱，而这茶盏竟高出十倍之多。

雷太公想着新建一座龙窑，看来正合此意。

雷太公把孙大围和几位窑主叫了过来。

“各位，时才徐远和濑户介先生，在我家购买了八百余只茶盏，大家也看见了，这黑釉茶盏是我们独与外界不同之物，特别是兔毫和鹧鸪斑，是外界所不能烧成的，今后我们更要大量烧制……”听雷太公这么一说，大家纷纷点头称是。

“可是，你们四人的龙窑都是多烧青釉瓷，这黑釉茶盏烧成甚少，不下工夫是不行的！”雷太公话锋一转，直点他们的痛处。

“师傅，你放心，我等自会空出高温窑位，多烧黑瓷茶盏……”

“对、对……师傅就放心吧。”众人纷纷表态。

雷太公看着他们，点点头说：“我已选好地址，再建一条龙窑，本来打算等春儿回来就动工，现在看来要先期着手了。”

“哦，师傅果真是要新建龙窑啊！”孙大围听了大喜，“也算上我一份吧！”众人见孙大围要参股，纷纷表示也要参股。

雷太公也不拒绝，全数答应了。

三十七

虞候蔡亮与都头来到蔡斌的车前，汇报了强人探子的招认。这帮强人有二十人，正在前方玉山口埋伏，本来想让探子混入商队，引诱至伏击圈的，不想探子一见有官军护送，慌了手脚，想逃回报信，没想到官军手快，全部擒下了。

原本蔡斌还想着先到浦城县，让县尉派兵扫荡仙霞岭，既然这帮强人自己送到跟前，那就一定不要放过。

蔡斌命虞候蔡亮领四十名官军伪装成赶路的脚客，缓慢前行，又命都头领五十名官军，穿越左侧峡谷绕到玉山口后面，待强人行凶，便前后夹击，一举拿下，自己带十名官军守护百姓，只等捷报。

都头领着五十人出发了。虞候蔡亮等四十人正在化装。雷春带着阿福挤进前来，对蔡斌拱手说："蔡大人，让我和阿福也一起去吧？"

蔡斌不放心："雷春，他们官军行事，你参与唯恐露怯……"

"蔡大人，我每年都走这条道，本就是赶脚的商人，不会露怯的，放心吧！"雷春直意要去。

崇明先生冲蔡斌点了点头："让他去吧。"

"好吧，你俩切记，一旦打起来，可不许逞强，立刻后撤……"蔡斌一再叮嘱。

化了装的官军也出发了，蔡斌让剩下的官军将赶脚的老百姓都集中起来，不许走动、不许出声。百姓听说官军要擒拿这帮强人都非常高兴，都听命于眼前这位大人，静静地围坐于地。

雷春和阿福推着独轮小车走在队伍的前面，哼着小曲。虞候蔡亮化装成车夫赶着牛车跟着，这队人缓缓而行。一个时辰后，就要到玉山口了，虞候蔡亮提醒大家注意自己的号箭。

三十八

玉山口上，二十个强人慵懒地躺在几块巨石背后等待。“两位探子去了四个时辰了，怎么还没有动静？”为首的大哥有些烦躁。

“来啦……大哥！”一位小个子强人爬在一棵松树上向下喊了一声，“有个三四十人……”

“两个探子有在吗？”大哥又问。

“在，就在牛车后面……”小个子强人说完就溜下树来。

大哥拔起插在地上的鬼头大刀：“兄弟们，抄家伙！”

众强人各拿兵器埋伏停当，等雷春他们走到近前，大喊着跳了出来。为首大哥舞着鬼头大刀踏前一步，用刀一指，咿咿呀呀唱了起来：“此树是我栽，此路是我开，要过这条路，留……啊呀……”

没等这位大哥唱完，虞候蔡亮一箭射中了他的大腿，紧跟着两只号箭升空而起。“嗖嗖……呼呼……”两声爆响，强人后方喊杀声四起，都头带着五十人便围了上来。

化装的官军呼啦一下，抽刀扑了过去，将这二十个强人紧紧围在中间。

虞候蔡亮提弓在手，对着强人大喝：“哪来的贼人，还不弃械投降！”

众强人刚才还沉浸在得意之中，一眨眼的工夫，便被官军团团围住，带头大哥正躺在地上抱腿哀嚎，顿时惊恐万分。

看看眼前这样的局面，打又打不过，跑又跑不了，便都弃械跪地，口喊：“降了……降了……军爷勿杀……军爷勿杀。”

拿住了一众强人，虞候蔡亮派人回去禀报蔡斌，又将这些强人逐个搜身，搜出了一堆钱财、首饰。

蔡斌得报说拿住了强人，十分高兴，便召集百姓赶往玉山口。百姓们听说官军拿住了强人，也是高兴万分，见了穿官服的弯腰便拜。

崇明先生见蔡斌如此高兴，便问：“大人，这伙强人如是外地流寇那倒好办，如是本地之人，当如何处理？”

蔡斌听了先生的问话，不觉一愣，立刻明白了先生的用意。

“先生，不论何地，以身试法者绝不可姑息，但是若皆为当地人，必是生计出现了问题，这就不是处理几个强盗的事了，必会影响我货物进京的安全。”

崇明先生捻着胡须笑了，说：“大人有此心境，必能办好此事，令尊为你是兢兢战战，如履薄冰，看来是多虑啦。”

崇明先生说到父亲，让蔡斌想起了一件事来，便是蔡京写给父亲的信。此番回到福建，尚不能回兴化，只有先请崇明先生回去与父亲见面，父亲信任先生，也好让父亲安心。

想到这里，他便向先生行了一礼：“先生，我有一事必须请先生办之。”

崇明先生点点头：“大人尽管说。”

蔡斌从怀里取出一封信来：“这是温相给我父亲的信，烦劳先生回兴化一趟，带给我父亲。温相和我父亲往常并无交集，写这信其实是给我看的……”

崇明先生接过信，看了看信封，蔡京的书法精美，先生也是书家。“温相的字确实俊美，只是他太过跋扈……”

“父亲信赖先生，先生又知我，温相不过是怕我弃他，以此提醒于我。今日我已圣旨在手，暂时不去理会于他，明年进京在做计较……有劳先生了。”

三十九

俘虏的强人被绑成一圈，均裸露上身，跪于地上。百姓们经过无不指指点点，以口水啐之。蔡斌命官军拨一部人马护送百姓先行赶路，自己和随行留下来审讯强人。

虞候蔡亮上前禀报：“大人，这伙贼人聚伙才一月有余，便在此地作案五起，专抢过路人等，你看这便是赃物。”

“可有伤害人命？”蔡斌问。

“伤了三条……”虞候蔡亮咬牙切齿。

“带头是谁？”蔡斌的语气低沉。

虞候蔡亮转身一把揪起一位强人提了过来：“就是他！”

“大人……饶命、饶命啊……”带头大哥伏地磕头。

蔡斌命他抬起头来：“你是哪里人？你的这帮人里哪些是本地人？”

带头大哥撅着头：“大人，我等四人来自浙江，其他都是本地人，我们本不想杀人啊，那三人太护财啦……”

“住口！哪个人不护己财，好让你等抢夺？拉下去！”蔡斌打断了他的话。

“本地人，上前一步。”蔡斌看着那些吓得发抖的强人，走出了一步。这些人蓬头垢面，光着膀子，脚下穿着草鞋，吓得不敢说话。

“尔等都是哪个村子的？不去种田，却来做强盗？”

众人一听蔡斌的喝问，叽叽喳喳哭喊一片。

虞候蔡亮提出一个，喝道：“尔等闭嘴，你来回答。”

被提出来的强人较为大胆些，见他跪行两步，伏身就磕头，边磕边说：“大老爷，我等是被王山虎所骗，上个月，王山虎四人来到我们茅山村，说有赚钱的买卖，干个两月可回家，我等十六人就同他出来，没想到是来此做强盗。开始不曾伤人，我等也就从了，后来看得他们杀了人，我等害怕便要不干，可他们收着银子不让，说再干两票……大老爷饶命啊……”

十六人哀嚎一片，蔡斌气愤难当，心想福建民风淳朴，也会有此毒瘤。

四十

后井村的码头从动工到现在也有十三天了，仓库也已盖好了，雷家四叔被大家推为知库，要管理着五家窑口的货品。

这些天又来了几家客商进货，年前的库存也都卖光了。

按照客商的约定，黑瓷茶盏的需求数量大大增加了，雷太公决定马上修建新的龙窑。孙大围、吴宗旺、杨士勋、张耀祖，四家窑主都抽了人手，雷太公亲自带着大家上了芦花坪，测量、放样。这回要建的龙窑有两百大步长、五步宽，二十目，将是最大的龙窑了。

在山坡上，孙大围左右跑了一圈，兴奋得大喊："师傅，没成想这里真好，离码头又近，还能建好几个龙窑呢！"

雷太公嘿嘿地笑了，把几个徒弟都叫到身边，从东到西，指着眼前这片连绵的山丘说："你们看我们的后井村，被这些山丘围绕着，这么一大片，都是能建龙窑的地方啊！"

在徒弟们的齐心协力下，新龙窑已经开建了，但是自家的窑口也不能歇着，练泥、拉坯、上釉，这些活一个也不能停下，整个后井村所有劳力都被安排了活，家家户户都忙开了。

吴宗旺当年在雷太公的龙窑当徒弟，学的是拉坯，学成后在家里办了一个拉坯的作坊，专做练泥和拉坯，做好的坯子卖给人家去烧。后来自己也做了一个八目的小龙窑，也烧一些黑釉和茶末釉。

杨士勋和张耀祖是不拉坯的，都从吴宗旺那儿买坯，他俩的龙窑也不大，也就十目的样子。他俩不是雷太公的入门徒弟，只是遇到事了就上前请教，算是带艺投师。两人原来都在江西景德镇待过，回来后就建了龙窑，开始烧青釉瓷器，也烧黑瓷茶盏，这些年黑釉茶盏是越烧越多。

杨士勋和张耀祖都会读书识字，也爱摆弄茶百戏，雷太公遇着摆茶局或是与人斗茶，总是请他们帮忙。

后井村就这五家窑主，方圆五十里都是很有名气的，周围的村子要有孩童拜师学艺的，都会找他们。自从建了码头，各家招收学徒就越发多了，尤其是河对岸的七里岚村，不断有人渡过河来学艺。

四十一

仙霞岭上暮色渐渐降下，护送百姓的都头挑选了一块空旷之地准备宿营。蔡斌也跟上来了，为了不影响百姓，他们押解着二十名强人，往前走了一段。

犯人受绳索捆绑，圈坐于地，四周点了三堆篝火，由官军严格看守。

在蔡斌的帐篷里，大家都默默地盘腿坐着。蔡斌对白天的审讯依旧耿耿于怀，他的一个大胆想法，让帐篷里的气氛更加凝重。

虞候蔡亮反对这个想法：“这些贼人生性乖桀，怎能带他们在后井村服徭役呢？万一……万一闹将起来，害的可是大家啊！”

雷春显得不知所措，每次遇到这种决策时他总是进退两难，这并不是生意，比生意复杂多了。他不知道选边站队，他只知道这次回来，家乡将会发生翻天覆地的变化。他喃喃地说：“后井村只有一百余户人家，五家窑口，加上其他村子来的劳力，真正烧窑、制瓷器的人也就三百余人……”雷春看看大家，“要完成官家的旨意，还要再来一个后井村啊……”

崇明先生从银盘里拿起一把切肉的小刀说：“蔡虞候如这刀，锋利便能震慑不法之徒，转运使大人如这竹箸，圆滑精细，方可钳夹世事，好了，天色已晚，我们都回去休息吧……”

四十二

第二天，天刚亮，人马就前行了，快至下午，便到了茅山村。蔡斌命人将犯人绑至村头，并叫来了里正。

村里人听说劫道的强人被官军拿住了，就押在村头，顿时就慌了神。里正也不知咋办，带着一帮家属跪在蔡斌面前哭泣。

蔡斌叫里正近前来，说："你可知罪？你这村子如今已成了强人的老巢，你可知道？"

里正吓得跪地求饶："大人啊……实在冤枉，我们村子从来没有出过强人啊……他们原本都是本分村民，都是被外人所骗啊……"

"哦，你怎知道是被外人所骗？不是他们见利忘义呢？"蔡斌听里正也这么说，抓人的消息并未泄露出去，里正和他们串供也是不可能的。

"大人啊，我村是不足六十户的小村，土地也少，好在是出闽官道的必经之地，也见过许多出去做生意的客官，所以也有人外出。上个月四个浙江人到此歇脚，就捣鼓起事来，说要带人出去干活，几个闲散的就跟去了，没想到就……就……哎……"

后面跪着的家属也哭嚎一片："大人开恩哪……大人开恩哪……"

蔡斌挥了挥手，虞候蔡亮便走了出来，对家属们喊道："好了好了，你们都别哭了，快快回家给他们准备些衣物。我家大人开恩，他们死罪可免，活罪难逃，充作厢兵，跟随大人服役赎罪。"

家属纷纷谢恩散去。里正也磕头高喊："青天大老爷、青天大老爷……"

四十三

从茅山村下来，不消半日就看见浦城县了，百姓们纷纷前来道别，送了好些吃的。蔡斌推辞不掉，只能收着。百姓们一散，这蔡大人勇擒强人的事就传开了。

一班人马护送着蔡斌，押着犯人，进了县城。虞候蔡亮带人将犯人押至县狱，蔡斌和一众人等则先进馆驿洗漱更衣。

浦城县令曹顺见了虞候蔡亮，便一块来到馆驿拜见蔡斌。

等了两刻钟，蔡斌穿好官服出来，县令曹顺忙施礼："蔡大人，此番擒获劫道强人，真是为民除害，如何处置这些强人，小人当听蔡大人的吩咐。"

"曹大人，我们就不用客气了，此番我奉皇命督办御瓷，你的仙霞岭是进京的咽喉，必须确保万无一失。从明日起，你县需调派一队人马，沿山路巡查……"

"是，我立刻去办……"

"那四个匪首，伤了三条人命，我已审过，斩首示众，广发榜文，让遇劫之人来你处认领失物，也警示民众不可见利忘义。"

"大人，这四个匪首立刻就杀吗？"县令曹顺听见要杀人有些犹豫。

"对，不杀不足以正民心！"蔡斌回答的坚决，"还有，那十六个从犯判充军建州厢兵，随我去建阳县服杂役。"

"大人英明，我这就去办。"县令说完就出馆驿回了衙门。

解决了这件大事，蔡斌心里高兴了许多。他拍拍虞候蔡亮的肩膀："这次多亏你了，浙江兵的牒文办好了吗？"

虞候蔡亮挺起胸脯说："小人分内之事，自当竭尽全力，这些兄弟真不赖，牒文中我已写明，给他们报功。"

“嗯，自是应当，你也去洗个澡，其他事明天再说。”

“是，大人……兄弟们请我去吃酒……晚上我就不伺候您了……”

“哈哈哈……去吧去吧！”蔡斌重重地在他肩膀上拍了一下。

四十四

朝阳洒在南浦溪上，小城已经醒来，各种船只停满岸边，货物被卸下船，再装上牛车，然后向仙霞岭进发。

城门口已经贴出了官府的告示，今天午时三刻，要处斩四名劫道的山贼，官府还要派一队府兵巡逻仙霞岭。看告示的百姓越来越多，人们传颂着福建路转运使蔡斌大人勇擒强人的故事。

雷春带着阿福收拾着行囊，他们已雇好了一艘小船，要先回后井村，蔡斌的先行事宜都需要他提前安排。

临行前蔡斌叮嘱道："此番必要讲清官家下诏的旨意，其他诸事便等我来。"

雷春点头称是。

崇明先生今天也要先走，两人算是同行一段。

送走了两位，蔡斌带着阿四和虞候蔡亮回城。阿四问蔡斌："老爷，我们何时去后井村？"

虞候蔡亮抢着说："怎么也得三天吧，这案件还在收尾呢……"

"不，我们明天就走，十六个厢兵也一起走。"蔡斌的决定通常不会改变。

"好，我就去县衙催促曹大人快办。"虞候蔡亮说着加快了脚步。

临到城门口，前方一队人马出城向仙霞岭而去。都头看见三人，便在马上拱手施礼："蔡大人，小人披挂在身，不便下马，请勿怪。"

蔡斌点点头，驻足拱手，目送他们远去。

一大早的青雾被阳光撩开，这是蔡斌到福建后的第一天，建盏进京的大幕便由此拉开。

四十五

雷春于正月十六离家进京，算到今天整整四个月，往年总是要在八月中秋前赶回来过节。雷春很吃惊，短短四个月，村里居然修建了码头。村里人也很惊讶，大少爷这么快就回来了。

雷四叔从仓库跑出来："哥、哥……你怎么回来了？"看见哥哥一切都安好，就放心了，问："哥，这么早回来一定有什么事吧？"

雷春拍着四弟的肩膀说："有事，大事！走，回家去说。"

"走……爹就在前面芦花坪呢……"雷四叔往前一指。

"在芦花坪做什么？"雷春疑惑，

"在建新龙窑呢……"

雷太公带着徒弟正在安装水车，山坡上的龙窑也已开始砌砖了，有了这水车，才能把田边小溪里的水引到山脚。

"爹……爹……大哥回来啦……"雷四叔冲着山坡大喊。

雷太公往山下望去，果然是大儿子回来了，心想，回来这么快，必有大事。他交代了众人几句，就匆匆下山。

"爹……"雷春见父亲俯身就拜，"爹，官家降旨，命福建路转运使蔡大人督办御瓷，我们后井村要发达了……"

雷太公一把拉起儿子的手："你说什么？官家降旨，督办御瓷？"

"是的，爹，蔡大人随后就到，我先回来向您禀报。"雷春说话压低了声音。

"好，我们回家去说，四儿，去叫你二哥，还有孙大围他们几个窑主……快……"

父子三人快步向家走去。

四十六

雷太公一家欢聚一堂，除了嫁出去的三姐，全都来齐了。三个几岁大的小孙子在屋子里跑来跑去，他们的娘喊都喊不住，爷爷奶奶也都惯着。

雷四叔叫来的人逐渐到齐了，雷太公挥了挥手，让媳妇们带着孩子回自己的屋去，这些大人们又开始商量大事了。

雷春把自己在东京胡记茶庄和陈帮主斗茶，遇见了户部尚书王黼，又巧遇领了圣旨的福建路转运使蔡斌，三人合意共创建盏进京的事宜与众人说了，又讲了在仙霞岭如何一举擒获强人，以及蔡大人杀匪首，保本土村民的大义之事。众人都听得入迷了，唯有雷太公听出了门道。

“诸位，这蔡大人做事果断、干练，还是有情义之人，去年他来后井村，就住在我家，我跟他有过交往，我信得过他。此番他又奉旨督办御瓷，看来是我后井村承蒙天意，要发达了……”雷太公缓缓地讲出这些话，并看着大家，“原本我只为修码头，是为了与自己方便，又遇上扶桑的客人、福州的客人，都以重金购买黑瓷茶盏，我修龙窑众人相随……看来这一切都是为了今天这件事啊……”

“爹，官家要这两万只茶盏，我们要烧出来，恐怕不易啊!”雷春直戳要害。

众人听闻，相互观望。

雷二叔算着自家的账：“去年我家龙窑十六目，有八目在烧黑瓷茶盏，一年下来能让客商挑上眼的不足四千，你们看看我烧出来的瑕疵废品，有六万之多，你们家烧的更是少些吧？我估计全部加在一块，一年一万只都不足……我们新盖的龙窑能烧出另外一万只吗？肯定是不能啊……”

雷二叔的账算得大家如同从火炉旁直落冰窟。

“师傅，其他村子还有多少窑口？”孙大围的问题惊醒了大家。虽然这黑瓷茶盏只是后井在烧，可是偌大的建州也有其他的窑口存在。

“这其他村子的窑口自然是有的，但是都不是烧黑瓷茶盏的，就如你们差不多……”雷太公说着指了指杨士勋和张耀祖，“不过他们听说了这御瓷的事，肯定是会来加入的。”

大伙儿听师傅这么说，纷纷表态：“这可不能让给他们啊！”

“这是拦不住的！爹，我们的人手还是不够啊……”雷四叔这话说得在理，别人要做什么我们管不了，我们得了先机，更要加派人手。

作为账房先生的雷四叔，算起账来比他二哥还厉害。

雷四叔出了个主意：“吴宗旺，你能否到江西景德镇再请四、五位拉坯师傅来，这钱我们大家出，这坯要够，我们才能烧得出啊……杨士勋和张耀祖，你们的窑口我看以后专门烧制匣钵、支钉、照子、垫饼那些配件，这些配件用量极大，没有专烧是供不过来的。”雷四叔的话还没说完，大家就点头说好。

“还没完呢！”雷四叔继续说道，“爹……再修一条二十目大龙窑！”

“再修一座龙窑？”众人惊呼。

“对，再修一座，大哥你人脉广，你可到周边村子广贴告示，招收学徒。爹，你看看把各家窑口的管事调整一下，配备到新的窑口，我看要把后井村的所有窑工扩充到两千人。”雷四叔说到这里，看看大家。

众人看看雷四叔，又看看雷太公，这个主意他们根本不敢想。按这个办法，别说两万只御瓷，就是客商的订货也能完成，只是改变了原来一家一户劳作的方式。

雷太公不说话，捻着胡须踱步。

四十七

浦城县里，蔡大人没有答应去城门口监斩犯人，他要面见十六位充军者，县令曹顺只能亲自监斩。

这十六人都被押在同一间牢房，只知道将被充军，也不知道要到哪里去，听说四个匪首今天就要被处斩，都十分后怕。牢房外一有动静，他们便警觉地观望，谁也不知道命运如何。

四个匪首已押解到刑场，快到午时时，牢头带他们来到大院里。他们战战兢兢地走出来，阳光格外刺眼，院子的影墙下坐着一个人，还有一位侍卫站在他身后。

几个明眼的认出了就是擒获他们的蔡大人和虞候蔡亮，便统统跪倒，口喊："蔡大人……"

蔡斌见他们还都戴着枷锁，就命牢头给他们解下。

卸下枷锁的他们显得轻松了许多。虞候蔡亮喝道："你们现在是福建路厢兵，不再是山野村夫，更不是强盗！都站直了，听蔡大人训话。"

十六人都挺直了腰杆站好，眼前这位蔡大人就是救了自己性命的恩人，大家都愿意听从他的教诲。

蔡斌一个一个地扫视着，缓缓地说："你们知道救你们性命的是谁吗？"

不是蔡大人吗？众人心想。"是蔡大人您……"有几个人小声回答。

"不，不是我……"蔡斌摇了摇头，

众人面面相觑。

蔡斌忽然站起来。"救你们命的是当今的官家。"

众人一听又一起跪下，口喊："谢官家、谢官家……"

“我今奉官家旨意，督办御瓷，正是用人之际，尔等今日充为厢军，必要抱死孝敬官家。这位蔡虞候今日起便是你们的统领。”蔡斌说着挥手指向虞候蔡亮。

众人伏地跪拜，高喊：“效忠官家，听命蔡虞候……”

这时只听得“通通通”三声炮响，午时三刻已到，城门边的旗杆上挂起了四颗人头。

四十八

雷四叔出的方法大胆有效，眼下已非平日安逸之时，能不能获得先机，就在于当下的决断。

众人纷纷感叹，雷四叔往日不爱表现，但总在关键时拿出好主意。雷太公也暗暗高兴，看来这几个儿子都各自有本事，老大雷春聪颖乖巧，最会做人，从上到下人脉极广；老二雷木勇憨厚踏实，专研烧窑技艺，就如同自己当年；这老四，从小就爱读书写字，学习算术、度支，虽未考取功名，却也是一身怪才。

雷太公一咬牙，说："诸位，非常之时当用非常手段，四儿的办法我看行……"雷太公停顿一下，看看大家的反应，只见众人纷纷点头，便继续说："用此法，自当不比从前，一切皆要听从调遣，不可独自行动。"

"放心吧师傅。"徒弟们都表示赞同。

吴宗旺站起身来："我明天就去景德镇请师傅，加大拉坯的工棚，争取每月翻两倍。"

杨士勋也说："我家龙窑总是烧不好黑瓷，除了三目和四目是高温窑位，我再烧点试试，其他的目数我都用来烧匣钵等配件，大家放心，数量管你们够。"

张耀祖也抢话道："我和杨哥一样，诸位就放心吧！"

孙大围也站起来："没说的，师傅我都听你的……"

雷太公始终捻着胡须："这再修龙窑，索性就在新龙窑的边上再盖一座。"

"好，师傅，这事交给我吧！"孙大围早有再盖龙窑的意思，此番请求也正当时候。

看看大家商量得有了眉目，雷春插了一句话："爹，蔡大人或许明日就到，他手下有个二十来人，这吃和住我们可要安排好啊！"

四十九

离家数月，这一晚雷春睡在家中，与妻儿同卧。妻子袁苑是从小的玩伴，乡下的礼仪不如城里严格，十六岁时便和雷春成亲，转眼已近而立，四年前方得一儿子。袁苑的爹妈和村里大部分人一样，是外地迁来。当时后井村方才十余户，只有雷家这一个窑口，如今也成了一座百户的大村子。

袁苑不曾读书，但会写几个字，家里的家务干得井井有条，公婆对她自是非常满意。雷春常年在外奔波，每次回来都会买些城里小姐们时兴的惊奇穿戴，袁苑很是喜欢。日子好过了，雷春不到三十便也开始发福了。

雷春醒来时，已经日上三竿，妻儿早已在屋外忙碌。为了让他多睡一会儿，妻儿小心起身，都不曾惊醒他。

雷春的娘，游老夫人一大早就带领着儿媳妇们清理家院，为接待福建路转运使蔡大人腾扫屋子。和去年一样，腾出的是东厢房，一出门就是正堂，方便办公议事。

醒来后的雷春洗漱完毕，便来到后厨。厨娘芳婶见了忙说：“哟，大少爷您醒啦，早饭给您热着呢……”说着从后锅里端出一碗白粥，在饭桌上摆着几样小菜，“来，快吃吧……”

“好嘞……”雷春坐下就吃，边吃边问：“我爹我弟都出去了吗?”

“老爷吃了饭就和二少爷上工地去了，四少爷在老爷的书房呢。”芳婶麻利地干着活，说起话来也利索。

听说四弟在爹的书房，雷春端着饭碗，一边吃，一边向书房走去。

雷四叔正在写札子，见大哥进来，便笑着说：“大哥起啦，不再多睡一会儿?”

雷春喝了一大口稀饭，凑近桌边：“你写什么呢?”

“我把昨天讲的方法写成札子，蔡大人来了，你好向他禀报呀……”四弟说完笑着继续写。

“这好……这好。”雷春高兴得用筷子“当当”地敲着碗。

五十

浦城县里，蔡斌的人整装待发，这次人多不便乘船，二十多人的队伍，分乘五辆牛车。虞候蔡亮牵着两匹马。蔡斌对前来送行的县令曹顺说："后方进京的通道便有劳曹大人了。"

"大人放心，曹某自当尽心竭力，巡逻的厢兵已经出发了。"县令曹顺扶蔡斌上马。

"曹大人回吧！"蔡斌在马上一拱手，调转马头便走了。

五辆牛车在山间官道上"吱吱咔咔"地前行，四周清净异常，只听讲林中鸟鸣和溪水的"哗哗"之声，走了很久也不见一人。往年也是这样，闽北偏远，除了武夷山的茶叶便不再有什么热销的货物。今日同是在此路，蔡斌却有不同的心情。

虞候蔡亮见蔡斌神情凝重，便问道："大人，想什么呢？"

蔡斌轻轻叹了口气，用马鞭环指周遭："你看这山川林间多么荒凉，当年祖父奉旨创建北苑茶园，才打开当地商贾流通，到我手上，茶叶生意虽好，却也不能让这里更加繁华……"

虞候蔡亮听闻点点头："大人，闽北山川纵横，地少人寡，自然不能与江浙比较。当年蔡大学士开创北苑贡茶，造福了一方百姓，今日您亦是奉旨督办御瓷，我看同样是造福一方，闽北一定会好起来的。"

五十一

行至夕阳悬于山巅的时候，看见一群人在官道欢呼，这是雷太公带人迎出了五里路。

虞候蔡亮高喊：“大人，快看……是雷春他们。”

蔡斌催马疾驰上前。

马到众人面前，蔡斌勒住马匹跳了下来。

雷太公迎上前去：“蔡大人，辛苦啦！”

蔡斌十分感动，握住老人的双手：“雷太公，如此重义在下深感惭愧啊！”

“蔡大人奉旨前来，是为我后井增添福祉，老夫岂能怠慢？”雷太公说着向后一招手，“来来来，都点上火把。”

村民点起了二十只火把，在渐渐暗下来的夜色里，照亮了一片。

虞候蔡亮牵着两匹马走在蔡斌的后面，雷春举着火把凑了上来，问道：“蔡虞候，这五辆牛车都装的什么呀？”

“雷公子，这些都是大人给你们准备的好东西呢！”虞候蔡亮得意地笑笑。

“好东西？哈哈，我也有好东西给你们看呢！”雷春看他吊自己的胃口，也在他面前卖了一个关子。

虞候蔡亮看了他一眼：“是吗？好，一会儿你就可以看到了……哈哈哈。”

五里路转眼就到，五辆牛车都停进了雷家大院。

雷太公拉着蔡斌的手进了大厅：“蔡大人您还是住东厢房，我已收拾出来了，手下人就住雷家祠堂，我备了酒宴给你们洗尘。”

“雷太公有劳啦……我的手下是新进的厢兵，怕不懂规矩，我还是先去交代一下。”蔡斌说完向雷太公一拱手，转身到了院子里。

来之前，虞候蔡亮就给十六个厢兵训过话，“饭要自己做、衣要自己洗，不受贿、不盗抢”这十六字每人都要熟背于心。

蔡斌来到院子，见虞候蔡亮督促厢兵卸下行囊，便对他说：“此院太小了，挤在这里多有不便，雷太公给安排在祠堂，你现在就带他们过去，大晚上的，不要惊扰了他人。”

虞候蔡亮点头遵命，让雷春带路，招呼厢兵便去了祠堂。

雷太公在院子里等着蔡斌和部下说完话，便对蔡斌说：“蔡大人，我领您去东厢房，先卸了行囊，再来花厅吃饭如何？”

“听由雷太公安排……”蔡斌示意阿四拿行囊，便跟着雷太公去了东厢房。

五十二

虞候蔡亮带着厢兵来到祠堂，这里也是灯火通明，比雷家大院还大。厢兵们住在一楼的大屋里，虞候蔡亮安排在了楼上。

雷春看看大家都安排妥当，便对虞候蔡亮说："我让家里人把酒席搬来，大家就在这里吃饭，您洗漱一下便过来。"

虞候蔡亮拱手答谢，厢兵们也同声答谢。

雷春又说："晚上吃饱了睡个好觉，明天带大家到村里看看，今后就要有劳诸位啦！"

雷春走了后，厢兵们看看住的大屋，个个都挺高兴，虽然是通铺，也比自家的村子强了百倍。两个年长一些的，便到后面的井里打了水，给楼上的虞候端去。

虞候蔡亮上了二楼，屋内点了灯，床上铺着被褥，洗漱架上，水盆、脸布一应俱全，比馆驿都好。

虞候笑笑，这雷春也是用心，商贾之人也许都是这样。

厢兵把打好的水端了上来："请虞候大人洗漱……"

虞候突然吃了一惊："你等这是欺我无力打水吗？我又哪里需要你们的伺候？"

虞候的怒言吓得端水之人跪伏于地："大人莫怪，我等打水方便，就给大人打了……"

蔡亮听闻此言觉得在理，但是又很不是滋味，便缓和了语气："以后你等不需要这样对我，你下去吧……"

楼下的厢兵都听见楼上的对话，大家忽然就安静了，相互观望。打水的厢兵下了楼来，见众人傻傻地看着自己，就赶紧挥了挥手："快去洗漱吧，一会饭就送来啦……"

众人纷纷散去。

不一会儿，雷家人就送来了饭菜，还有两坛酒。

送酒菜妇人冲着楼上喊："请虞候大人，到花厅用饭……"

虞候蔡亮连忙答应，"腾腾腾"下了楼来。

妇人看着这些站着不动的汉子，笑道："诸位，快吃饭吧……"

虞候蔡亮看着这一座丰盛的酒菜，不觉一愣，又见有酒，便嘱咐道："今晚有酒便喝些，不可喝醉，明日起便不能再饮，你等吃完饭把碗筷洗了，叫人家好来收拾。"

众人点头称是。送酒菜的妇人见了轻轻笑了几声。

虞候蔡亮与妇人走后，众人傻傻地站在原地，看着桌上的酒菜，不知所措。

这十六人像是中了神界的幻化，一会儿成了强盗，一会儿又成了囚徒，再一会儿又成了厢兵，今后的日子便是要重新开始了。

五十三

酒后的睡眠更加沉静，蔡斌醒来时已是日上三竿。当他走出屋子时，所有人都在院子里站着。

雷太公慌忙行礼："蔡大人，昨晚睡得可好？"

"哈哈，好啊，好得我睡过了头……哈哈哈。"蔡斌指了指阿四，"你也不喊我……"

雷春和两个弟弟都上前施礼，虞候蔡亮带着十六人站在最外边，也弯腰行礼。

后厨的芳婶端着早膳来到大堂："大人请用膳……"

雷太公笑着说："蔡大人，您先用了早膳，我再带您到新龙窑看看。"

"好……好！"蔡斌答应。

早膳是一碗白粥、四碟小菜，还有四个绿色包馅的米粿。这样的早膳便是官家也是如此。

吃完了早膳，众人步行去了芦花坪。

新龙窑已初现轮廓，工人们正在搭盖棚架，上了棚架便不再害怕刮风下雨。前日架好的水车，咕噜噜地转着，溪水流过一旁的工棚。七八个泥瓦匠正在一目一目地砌砖。

雷太公带着蔡斌上了山坡，他向雷春招招手。雷春便跑上来，拿着四弟写好的札子。

"蔡大人，这是我们村子为定制御瓷，想的办法……"他说着将札子递给蔡斌。

"哦……都写好札子了。"蔡斌接过札子，打开观瞧。

这札子上写的桩桩件件都点中了要害，方法具体详细，大胆而又稳重。一边看，雷春一边给他讲解，蔡斌听得喜笑颜开。

雷太公张开双手，比画着他脚下的地，说："大人，我们马上就要在这里，再建一座龙窑。"

蔡斌不住点头："雷太公，你们可有什么难处？"

雷太公摇摇头："大人，难处是有的，不过我等皆能克服！"

雷春抢过话来："昨天早上，我们宗旺大哥也已动身前往江西景德镇了，不出十天，他便能带回一批技艺精湛的拉坯师傅。我家四弟，抄写了数十张招收徒弟的告示，我明天便上周围各村去张贴。"

蔡斌看在眼里，心中激流涌动，前几日的担忧，此刻也解了大半。官家的御瓷订购虽能刺激生产，却也要这些百姓们肯干、能干。雷家的这个方案，能否完成两万只御瓷，还差一个环节，那便是烧制工艺。

蔡斌知道黑瓷茶盏的烧制与青瓷不同，窑中温度需要极高，还要长时间地保持高温，确保釉水和坯土中能析出精美的结晶斑纹。这么长的龙窑不可有吸气或漏气发生，高温的长短控制也决定着瓷器釉色的改变。

这些复杂、繁琐的烧制工艺，若不是长期烧制的世家窑工，是不可能完成的，即使是有了这样的窑工，也是需要极其细心的试烧才能达到最佳的烧窑效果。但是达到了这种状态，也不是就一劳永逸了。

一座龙窑在达到最佳的人工搭配期后，也不能保持太长时间，窑里的砖、土便会收缩开裂，破坏了龙窑的密封效果，加上天气、柴烧的状况，烧成的釉色又会发生变化。

窑工们便是在这样循环变化的情况下，来捕捉最好的烧制效果。

对这些大宋最好的窑工来说，最有力的帮助是什么呢？

除了钱，还会有什么？蔡斌早就想好了，他将给他们一笔钱，权且作为前期的用度。

五十四

几位挑夫从芦花坪下走过。蔡斌指着他们便问："他们这是挑去码头吗?"

"正是……" 雷太公回答。

"那我们也去码头看看。" 蔡斌提议。

"好啊！去码头。" 雷太公带着大家向码头走去。

码头上有好些人，刚才的挑夫正在将几框青瓷入库。作为知库的雷四叔正在点验，见蔡斌向他们走来，连忙施礼："蔡大人……"

"木恒，你是这里的知库吗?" 蔡斌问道。

"是的蔡大人，我们这里的青瓷都是卖给周围村子和县城的客商，您瞧，这些便是等客商来运走的……" 雷四叔指了指挑夫挑来的青瓷。

蔡斌点头笑笑，说："是啊，青瓷要好烧许多，官家建了官窑，制量很大……不过，说到点茶，官家还是青睐我们的黑瓷茶盏啊!"

环看四周，这座码头卸场宽大，存送便利，五六只小船停于岸边。有位大胆的船夫冲着蔡斌喊："大人，要回建州吗? 租我的船吧，半天就到……"

大家听着都哈哈大笑起来。

蔡斌也笑了，说："雷太公，你能建起这样一座码头，真是不简单啊!"

回到雷家大院，蔡斌朝虞候蔡亮挥了挥手，一会儿虞候蔡亮便带着四位厢兵抬着两只大木箱过来。

蔡斌打开两只木箱的盖子，里面一共是一万贯铜钱。"雷太公，这里是御瓷订制的第一笔款，一万贯，请您点收。"

一万贯，折合白银一万两，雷太公也从没见过这么多钱。雷太公用颤抖的手抚摸这些钱，转头向蔡斌行礼："大人明鉴，虽然我村并不是差这些钱，但是大人的圣明确实帮了我们啊！"

雷家父子跪地叩谢。蔡斌连忙扶起："多礼啦、多礼啦！时才看见你们所做的一切，哪个地方不是要花钱的？这钱是官家的恩典，你们就拿着，大胆地去做，我相信很快就会出成果的。"

五十五

一整个下午，雷家大院里，雷太公带着几个儿子和徒弟商讨这笔钱的运用。蔡斌不愿打扰他们，便和阿四到了雷家祠堂。

五辆牛车都停在祠堂大院外，在祠堂大门的左边一字排开，靠墙摆着。牛栓在大门的右边，一位厢兵正在喂牛。牛粪拉了一地，五只黄牛甩着尾巴只顾吃草。

院内几位厢兵见蔡大人来了，都跑了出来，叫道："蔡大人、蔡大人……"

蔡斌见他们稀稀拉拉、歪歪扭扭地站了一排，忍不住笑了："尔等几天前还是佃户，现在是厢兵，要有兵的样子……"他指了指门上的匾额，说："这里是雷家的祠堂，人家慷慨借我们暂住，我们应当小心为之，不可玷污了雷家祖辈的正气……"

蔡斌一番话，说得大家纷纷点头。一位厢兵忙说："蔡大人，您说的是，这不虞候大人带着两人去借扫帚了。"

蔡斌走进祠堂，厢兵搬来一张太师椅。蔡斌摆了摆手，环看四周。这是雷家供奉祖先的地方，本该庄重肃静，岂能与一帮粗鲁之人共憩？

虞候蔡亮带着两人借来众多的扫帚、锄头，见蔡大人来了连忙禀报："大人，小的准备清扫大院，这是祠堂，不可被我等污秽了……"

厢兵们清扫大院，虞候蔡亮请大人上了二楼。

"大人，这兵住在祠堂不妥，我想还是拉出扎营较好。"虞候蔡亮行事干脆，"上午在码头时，我见往南五百余步，便是一处极好的扎营之所。"

蔡斌点点头："原来只是暂住，而今是常住，便要有自己的营区。雷太公的情义颇重，也不能一直住在他家，好，你备马，我们去看一看。”

两人纵马向码头而去。从码头往南五百步是一条小溪汇入南浦溪形成的堆积地带，邻水傍山，确为好地。从一旁的山坡上可以看见码头的全景，福建路转运使的行营驻扎于此再好不过了。

“好，晚上我告知雷太公，明天就开拔到此扎营。我的帅旗不是在你那里吗，明天就竖在这里。”蔡斌指着自己的脚下。

五十六

晚上，吃过了晚饭，雷家大院的大堂上，蔡斌向雷太公说了扎营的事。雷太公不便反对，便决定了给厢兵送粮、送菜。蔡斌表示感谢。一番寒暄之后，蔡斌便对雷太公说："此番御瓷之事还有一点，便是所有茶盏在底部需落底款，请拿笔墨来……"

雷春快速取来笔墨，只见蔡斌提笔写下两个字——"供御"。

"大人放心，我明天就安排下去。"雷太公收好字迹，揣在怀里。

"雷太公，诸事均已安排妥当，就看您开窑烧制啦……"蔡斌试问。

"蔡大人，十日之后便开窑烧制，两座龙窑共有十六目高温窑位，一次可烧制一万只盏，看看能有多少只可拣选进贡。"雷太公明确了本月的烧窑筹谋。

蔡斌大喜，道："好，我们就看看这一万只，能出多少上选之品。"

第二天，厢兵们在码头旁边扎了营，竖起了"福建路转运使"的蔡字大旗，沿南浦溪上下，都能看见这杆大旗。

自从扎了营，周边个各村的里正、户长都来拜见，蔡大人的营寨变得热闹起来。来人的送礼自是少不了的，蔡大人也就收下大米和土产，至于钱物一概不收。

五十七

收了蔡斌的一万贯后，雷太公自觉重担压肩，一心用于制窑烧盏，那些往来之事皆不接待。原本雷太公和各村里正就不是一路之人，大家也都明了。

转眼过了四天，吴宗旺从景德镇回来，带了六位拉坯的师傅。雷太公十分高兴，立刻安排了分工。这六位师傅能让全村的制坯速度提升一倍。

雷太公每天巡视几个窑口，亲自调试釉料。这釉料制作也是制约茶盏批量生产的要门。原先制作得少，不觉得釉料调制的厉害，现在一次要制作上万只，釉料的数量也变得非常之庞大。之前雷太公让雷二叔准备了百余口大瓦缸，现在起了作用。

杨士勋和张耀祖这边更是忙得不亦乐乎。他们一共制作了一万八千只匣钵的生坯，今日已经装窑完毕，就等雷太公看过后点火焙烧。

这些漏斗形的匣钵都是为茶盏专门定制的，一盏一匣，可以套叠放置，刚好两座龙窑满装烧制。

雷太公巡视之后非常满意，杨士勋和张耀祖二人长期为各窑口制作配件已有默契，此番整合之后，二人更是得心应手。

“烧吧！”雷太公一声令下。杨张二人高喊“点火……”

杨士勋和张耀祖的龙窑是后井村整合之后最先开火的窑口，两人烧制的配件都是其他窑口不可少的物资。

两座龙窑的烟囱上冒起了滚滚浓烟，这些烟由灰色逐渐转为白色，升至高空便缓缓飘散。

五十八

三天后，窑中热气消散，杨士勋和张耀祖的龙窑要开窑取货了。雷太公带着雷家三兄弟、孙大围、吴宗旺都来了，烧好的匣钵是给大家运回去装窑的。雷四叔支开账簿，这些配件的收进与配出，都要记录。

雷太公和蔡斌坐在一旁。蔡斌见窑工们有条不紊，各种工作逐一进行，便问："雷太公，这两座龙窑所烧之匣钵，能否满足尔等众人？"

"今日满装一万八千只，不出意外，是能满足的，一会儿看看出窑后的选检情况。一月烧个两窑，一年能有三十万只……若是成品数极低，怕是不够啊……"雷太公轻轻叹了口气。

"需要再建龙窑吗？"蔡斌又问。

"是的，需要再建龙窑！"雷太公的回答是坚定的，但已是达到他的极限了。

蔡斌也听出意味，心里盘算着，今年达成两万只的御制茶盏，明年肯定还要增加数量，若靠本村人，肯定是不足的，不开放，不吸引外来力量，这烧窑重镇是建不起来的。但是此时切不可说，不可影响了雷太公的良苦用心。

密封的窑门一目一目地打开，窑工们取出匣钵，不住点头。雷四叔一一做账，又一一按排装框挑往雷家龙窑或孙大围龙窑。

这两窑的匣钵确实不错，但是烧裂的也不少。大半天下来，按雷四叔的统计，可用的匣钵有一万两千六百余只，略低于大家预想的数量。

雷太公心里盘算，如不再建一座龙窑，怕是不能满足御瓷的订数，即便是再盖一座龙窑，也只能达到一半。

雷四叔一边统计，一边也在寻思此事，看来只有向其他村的窑口下单，定烧匣钵了。

新烧的匣钵送到雷家龙窑，雷二叔立刻安排装窑。五千只盏坯均已刻了底款，也已晾干，正在逐一上釉。雷二叔带着窑工们小心翼翼地将上了釉的盏坯放入匣钵，再一个一个叠放。每装好一目，便用砖土封上。

雷二叔精心地装窑，动作较慢，而且进入窑内摆放盏坯，一遍一遍确认窑内过火的通道。

孙大围和雷二叔不同，他带着窑工在地上讲解装窑的要点，还能画出草图，所以他装窑快得多。除了八目烧黑瓷茶盏，其他的都烧青瓷。孙大围自己有不少客商订青瓷，窑工也比师傅雷太公的要多十来个，从总体的烧制数量上，孙大围的龙窑比雷家龙窑烧得更多些。

终于，两座龙窑全都完成了装窑。龙窑前也摆上了八仙桌和祭品。一个猪头、一只鸡、一条鱼，这三样祭品俗称“六眼”，暗合龙窑的六个开口，六眼通，龙窑才能烧得好。

酉时已到，两座龙窑全都点火开烧。窑工们口中念道：“六眼通、窑火旺、乌泥变宝玉、窑门出黄金……”

开烧的龙窑需要连续三天三夜，不间断地添柴，每一位窑工都小心谨慎。

五十九

蔡斌在营中等待窑口的消息。他一直在思考，有何更加开放的策略，雷家虽然是经验丰富的窑工，但是，这个黑瓷茶盏的需求太大了，光靠雷家无法满足。五年前，官家亲写的《茶论》便已发布天下，建窑就已天下闻名，却一直不能发展壮大，纠其因，不就是地域所限吗？

建窑所烧之建盏必须当地的窑土、釉矿，其他地方的都不行。既然窑土、釉矿不能变，那从外地引入工匠有何不可呢？

蔡斌早在去年来此考察时便有这个想法，现在看来必须如此操作，才能打破如今之局面。

蔡斌命阿四去叫雷太公和雷春来自己的大帐议事。不一会儿，两人到了。

蔡斌带着二人来到山坡上，放眼望去，不仅是南浦溪的水面，还有码头，以及后井村的所有龙窑，都尽收眼底。

“你们看，我这大营的位置如何？”蔡斌笑着问道。

雷太公觉得惊奇：“我在此这么长时间，居然没有发现这块宝地，大人真是神人也。”

“雷太公，在我看来，此处如此之大，何止是尔等区区五座龙窑？”蔡斌的话语变得激动，“从南往北，这片山峦可建多少龙窑？”

蔡斌的话刺激着二位。雷春看了看爹，见雷太公的紧皱眉头，看着眼前这片空旷的土地。他知道蔡斌想说的话，自己也知道若不放开，让更多的窑主加入，自己是无论如何也吃不下的。

“大人是要开放建窑权吗？”雷太公缓缓地问道。

“是的！”蔡斌回答得坚定果决。

雷太公点点头：“是啊，不开放，又如何能解决呢？”

“雷太公，你所做之事，我都看在眼里，但是不开放建窑权，此地便难以发展，我想我这就回建宁军，颁布告示，引各地窑工前来，我们必能大干一场。”蔡斌向雷太公一拱手，等待回答。

“爹……”雷春一直是赞同蔡斌的主张，他也希望父亲能够答应。

雷太公点着头，一把握住蔡斌的手：“蔡大人，你是一方诸侯，而我不过是小小的里正，你大可不必在乎于我的……”

“雷太公，这建盏之事必须靠你啊！”

……

蔡斌决定马上回建宁军衙门，虞候蔡亮领厢兵留守。他命阿四备马，两人即刻疾驰而去。

六十

孙大围和雷二叔的龙窑经过三天三夜的烧制，就等开窑了。大家都想看看到底烧得如何。雷四叔安排了选检，这些选检之人，便是将上等品相的茶盏挑选出来。

窑门逐一打开，一位窑工便进入窑内，将匣钵一个一个取出。打开匣钵，里面就是黑瓷茶盏了。拣选者一只一只地拿出黑瓷茶盏，查看它的釉色，遇见精美的兔毫斑，他们都会高声呼喊："兔毫一只……"如有出现粘底、漏釉、裂痕，也都一一喊出来。

窑内温度不同，茶盏的釉色也不一样，柿红釉、乌金釉时有出现，这些都是品相较低的釉色，不能作为御瓷选检。

整整一天时间，两座龙窑一共一万多只茶盏全部选检完毕，能够进贡的只有八百六十只，这样的比例已是很好的了。还有一千一百只柿红釉和乌金釉，这些虽然不能进贡，但是在民间确是很好卖的。

今天这两窑如是算本钱，那是能赚钱的，只是这样的能力却不能完成御瓷的任务。这还是没遇见"一窑生，一窑死"的惨痛结果。

雷太公对大家说："蔡大人正是看到了这样的情况，才回建宁军的，不久会有不少外地窑主来我们这里建造龙窑，官府要开放建窑权了。"

六十一

蔡斌回到建宁军衙门，立刻命人书写开放建窑之榜文告示，送往福建路全境张贴，并设立了“御瓷都典”接待来访者。短短十余天，便有八家窑主前来拜访。

蔡斌决定带这八家窑主前往后井村实地考察。消息传出，后井村周边的村子天天有人前来，等待拜访这位福建路转运使大人。

果然三天后，蔡斌带着这八家窑主乘船来到后井村，带着他们参观码头、新建的龙窑，又带他们来到大营的山坡上讲自己的想法。

“诸位，大家也看见了，此处山峦平缓，最宜搭盖龙窑，建盏所用泥土和釉水皆在身边，若要住宅，这山下平地都可选址。”蔡斌着重点明，“所烧出的茶盏，我安排专人拣选，达到要求，便以每只五百钱支付。这就是御瓷的好处，尔等想想吧！”

窑主们虽然各有心思，但眼前这般有利之事，自然是无法拒绝的。八位窑主立刻决定前来开窑。蔡斌命虞候蔡亮为众人登记。

一时间，整片的山谷热闹起来，除了划定山坡上的龙窑区位，他们还在山下选定了住宅的位置。

消息很快传遍建宁军，此后每天都有新来的窑主要求加入。仅五月份，就确定了二十一家龙窑。新来的窑主在芦花坪西南两千步的地方选定了住宅位置，建了一个全新的村子，命名为“池中村”。

雷太公没有想到，这个方法见效如此之快，御瓷的任务看来必能完成。

不久，雷太公的两座新龙窑已全部竣工，各村来的学徒也达到三百人。吴宗旺的作坊每天产的盏坯可达三千多只，杨士勋和张耀祖的窑口也是不断产出匣钵、垫饼、照门等配件。

六月十六日，两座新窑装窑完毕，就要烧制第一窑茶盏了。

芦花坪、庵尾山的新窑主们都来观看。

四座龙窑一起开烧，三天三夜，火光映红了两边的山脊。新窑虽然泥土较生，但是密封性极好，烧制起来并不比老龙窑难烧。

停火开窑的那一天，蔡斌亲自来到芦花坪新龙窑。窑工们一摞一摞地抱出匣钵，一只一只地打开。这些茶盏的釉色格外漂亮，条条玉毫达到口沿。

新窑主们看了也满心欢喜，想着自己的龙窑盖好后，也有可能烧出这样的釉色来。

六十二

又过了一个月，新窑主们的龙窑全部建好。这时的芦花坪、庵尾山一带已是非常壮观，山坡上呈列着一条条的龙窑，干活的窑工达到八千人。

这些新窑陆陆续续都开始烧制了，一到晚上，这里就是不夜之城。

蔡斌站在大帐之外的山坡上，万分感慨，这个局面便是自己想要的。他已不再担心御瓷的任务能否完成，也不再担心这些茶盏能否无瑕精美，因为有足够的数量供他拣选。

八月中秋就要到了，蔡斌决定回一趟兴化老家。这里已不用他操心，只等十二月他便进京交差。

雷春也看到了这样的局面，便开始收整自己的茶盏。这民间的市场远比皇家御用的大很多，此时能联络京城的人非他莫属。

当蔡斌从兴化军回到后井，已是十月了。雷春告诉他，两万只御瓷已经选检出来，等他验收。

蔡斌十分高兴，决定提前一个月进京，十一月一日便动身。他对雷春说："我先进京，半月后你再动身，这样可以避免诸多不便。有这半个月，京城的宴请也都结束了，你再进京便不会引起不必要的猜忌。"

雷春拱手答应。

次日，蔡斌对拣选的茶盏逐一验收，并以每只五百钱支付，而后命厢兵准备进京的物资。

六十三

两万只御瓷茶盏悉数装箱，装满了十辆牛车。

当晚，雷太公设宴，所有窑主悉数到齐，为蔡大人进京饯行。

从四月初到达后井村，一转眼到了十一月，后井村发生了翻天覆地的变化，原来总共只有七条龙窑，现在有了二十多条，半年便完成了御瓷的烧制，几经挑选，这两万只可以说是精益求精。

蔡斌感慨万分，他举杯向所有在座的窑主致意："诸位，这半年多来，是大家之努力，才有了今天。皇命已成，我明日便要进京面圣，我饮此酒再次感谢大家……"蔡斌举起酒杯一饮而尽。

雷太公也举起酒杯："蔡大人，您可谓是不辞万苦，帮助我等建起这座窑城，使我这不毛之地，享有如此繁荣，我们应该感谢您啊！"

宴席上的欢腾影响着在座的每一个人，谁都没有想到，一旦放开限制，产量和质量都发生了变化。外地客商来此订货，也是络绎不绝。

雷春的备货也已达到四万只，除了少数是"供御"的底款，其他多为各家窑口的落款。这五千多只落有"供御"底款的建盏，是最后两批拣选出来的御瓷，品质上虽不如意，但绝非次品，也就没有砸毁。

第二天，蔡斌启程进京，全村的人都出来送行。同样是进京，这次蔡斌的心情格外轻松，皇命已达，到了东京也不会再有约束之事，越是公开应对，越能体现为臣的忠君之心。

蔡斌的札子到了东京，枢密院里诸位大臣纷纷称赞。蔡京非常高兴，便呈于徽宗皇帝。

皇帝龙颜大悦："温相，你这学生出类拔萃啊！"

"官家，蔡斌能创建闽中之黑瓷，当属不易，官家应该给予重赏。”蔡京的邀功，并未引起徽宗皇帝的不悦，相反，皇帝本来就要赏赐于他。

“温相，蔡斌到京还要几日？”徽宗皇帝问道。

“官家，札子是蔡斌出发前一日派人快马送来的，我想十日之后便能入京吧。”

“好，那就等他到了，朕再重重赏他！”徽宗皇帝有些迫不及待了。

六十四

转眼过了十日，蔡斌的船队驶进了东京，三艘大船停在了正阳码头。

依旧是吏部侍郎张涣在码头迎接，这回足足带了十一辆牛车。与他一道前来的还有修内司东西窑务典御王光翰。这位典御公公是皇帝亲点的检验御瓷的内官。这两万只建盏一下船，便拉进东西窑务，验收入库。

蔡斌此时早就换好了官服，配上了金鱼袋。阿四笑问："老爷，这回怎么不低调了呢？"

蔡斌抖了抖宽大的袖子："皇命达成，奉旨回京，怎能低调呢？"

蔡斌下得船来，见有内官陪同张涣，心中便知此次一定是要先进宫了。

张涣远远施礼："蔡大人，辛苦了……我等奉皇命迎接蔡大人回京。"

蔡斌快步上前还礼："谢圣上……"

"蔡大人，这位是官家亲点的东西窑务典御，王光翰大人。"张涣介绍道。

蔡斌连忙施礼："王大人，有劳了。"

"货物卸船皆交于王大人，你这就随我进宫，官家急着要见你呢。"这次的规格的确不一般了，官家与大臣已是在宫内等待。

牛车上，蔡斌拍了一把张涣的肩膀，笑问："溢流兄，有何机密之事呀？"

张涣脸上早没了刚才的威严："文怀啊，你的札子一到，全朝震动啊，官家是天天盼着你来，昨天就安排我等早早在此迎接与你啊！"

蔡斌笑而不语，抖了抖官服一本正经地坐好。

六十五

“传……福建路转运使……蔡斌觐见……”大殿内内官高声朗报。蔡斌手持象牙笏板庄重地迈步前行，到了皇帝面前，躬身而拜，高喊：“……万岁、万岁、万万岁……”

徽宗皇帝看着蔡斌一本正经的样子，实在想笑，却又憋着，“蔡爱卿，短短一年便在建宁军建了一座黑瓷重镇，果然不凡啊！”

“官家圣明，闽中黑瓷在我朝太祖时便有烧之，迄今已有三百年，仁宗朝时便已有名，五年前官家的《茶论》更是点明其要意，已是天下皆知，臣只是做了因势利导的工作。”蔡斌谦虚作答。徽宗皇帝十分高兴。

蔡京趁机道：“启禀官家，如今天下的瓷器均已齐聚京城，连最为难得的建盏也可源源不绝，这便是年初仙鹤翔降所带来的祥瑞之气也，真是要恭喜官家、贺喜官家啊！”蔡京的话刚说完毕，众臣也齐声高呼：“恭喜官家、贺喜官家……”

徽宗皇帝哈哈大笑：“好，有了建盏，我便能聚天下名家大儒，办茶汇了……哈哈哈。”

“福建路转运使蔡斌，兴办御盏有功，进图龙阁学士，赐东京宅府一座，银三千两、锦缎一百匹。建宁军增设‘待诏供御’办理御瓷事宜。”大殿上，内官梁思成宣读了赏赐。蔡斌谢恩。

散朝之时王黼上前祝贺：“蔡大人果然能干，不亏蔡君谟之孙！”

蔡斌拱手施礼：“王大人，此番多亏了雷家人，如今的局面可以说是半个雷家打下的。”

王黼听后心中大喜。

六十六

蔡斌进京之后半月，雷春也组织好进京的商队，四万只茶盏打包启程。

船队刚到杭州，雷春便修书一封给户部尚书王黼，派阿福快马进京。王黼接到信后大喜，民间市场远远比“御瓷”大出许多，第一年便多出一倍，未来不可限量。按雷春信中的交代，王黼命人在城郊买下一处大院，作为建盏行会之所。

十日之后，雷春抵达东京，阿福带着二十辆牛车在码头接货。四万只茶盏悉数运进了建盏行会。当晚，王黼便来拜访。

见了王黼，雷春倒头便拜：“王大人，托您之福，建盏的烧制我们已经形成了一套规范，建盏在京城的销售我们便能垄断。”

王黼哈哈大笑，扶起雷春：“雷掌柜，数月不见，更加干练啦！半月前蔡大人两万只御瓷献予官家，轰动一时，你带四万只进京却如此低调……”

“王大人见笑了，我此番特意与蔡大人分开入京，就是为了避免不必要的麻烦。”雷春回答得小心翼翼。

“雷掌柜，成立建盏行会一事，刻不容缓，只是官府皆不能出面，尔等均以民间身份办之为好。”王黼的话点中要害。雷春点头称是。

数日后，雷春成立“建盏行会”，垄断销售黑瓷建盏。东京全城的瓷器商铺、茶楼，都从此处进货，除了大相国寺，建盏行会成为建盏销售最为重要的非官方交易渠道。

公元1112年到公元1170年的68年间，是建窑建盏生产和销售最辉煌的时期，后井村、池中村共有一百多条龙窑，一度聚集窑工达三万人之多。除了进京，建盏还从泉州港和福州港销往日本、朝鲜和东南亚地区。

建窑建盏成为中国历史上极为尊贵的茶器，与宋代点茶技艺在古代茶文化的舞台上交相辉映。